# 백일몽
# 白日夢

저자 우동균

# 차례

# 그림자

그림자가 되는 악몽을 꾸던 그는 잠에서 깨어났다. 비몽사몽인 그가 자신의 몸을 더듬으며 꿈에서 깨어났음을 확인하려 했지만, 그의 손가락은 어디에도 부딪히지 않았다. 침대에서 몸을 일으키려 다리를 움직여도 제자리에서 다리 그림자가 평면적으로 움직일 뿐이었다. 자신의 몸이 그림자가 되었다고 확신한 것은 창으로 들어오는 빛을 따라 자신의 검은 몸이 길어지거나 짧아지는 것을 보았기 때문이었다. 그림자는 미끄러지듯 침대에서 내려와 방을 나왔다.

커튼이 쳐진 거실은 어두웠고 그림자가 옅어졌다. 장판의 패턴들이 보일 정도로 반투명해졌다. 그림자는 몸이 가벼워지고 있음을 느끼며 자신이 사라질 두려움을 느꼈다. 커튼을 걷으려 했지만 곤색 커튼 위로 왼손 그림자만 진했다. 미동도 없는 커튼을 뒤로하고 그림자는 밝은 방으로 돌아왔다.

흰 벽을 따라 길게 누운 그림자는 선명했다. 창으로 들어오는 빛이 따뜻했다. 침대에 누울 수도 있었지만, 빛을 정면에서 바라보는 편이 마음이 놓였다. 그리고 흰 벽 위에서 가장 짙어질 수 있었다. 잠시 동안의 평온에서 벗어난 그림자는 냉정하게 생각했다. 자신에게 남은 시간이 얼마나 있을지 계산하고 해결할 수 있는 것들을 시도하려 했다. 해가 지기 시작하면 그림자도 사라지기 시작한다. 그림자는 무엇도 잡을 수 없기에 커튼을 칠 수도 형광등을 켤 수도 없다. 그림자는 자신이 해결할 수 있는 일이 없다는 것을 알았다. 그리고 시간이 얼마나 남았을지도 알았다. 하필 겨울이어서 해도 짧았다. 그림자는 방 안에 걸려있는 시계를 확인하고 시간을 계산했다. 오전 11시부터 오후 6시 30분까지 7시간 정도가 남아있었다. 여름이었다면 긴 해가 자신을 살릴 수 있었겠지만, 겨울은 그 추위만큼 혹독했다.

그림자는 누군가 들어오기를 기다렸다. 문을 열고 들어와 해가 떨어져도 빛이 사라지지 않게 해줄 누군가를. 오후 1시에 해가 눕자 방으로 들어오는 빛이 약해졌다. 창문의 각도가 애매하게 틀어져 있었다. 그림자는 연해지고 가벼워졌다.

그림자의 엄마가 들어온 것은 오후 3시쯤이었다. 그녀는 집으로 들어와 방문을 먼저 열어보았다. 그림자는 흰 벽과 심지어 얼굴 위도 정신없게 지났지만 그녀는 그림자를 알아보지 못했다. 말을 할 수도, 손을 잡을 수도 없었다. 그녀에게는 그저 지나가는 구름 그림자 정도뿐이었다.

거실 커튼을 열어준 엄마 덕분에 그림자는 활동 반경을 넓힐 수 있었다. 거실로 나온 그림자는 그녀를 따라다니며 자신의 존재를 알리려 노력했다. 겨드랑이를 간지럽히고 뺨 위에 손을 얹었다. 간지럽힘을 당하며 그녀는 그림자의 방을 청소했다. 청소기를 돌리고 이불을 정리했다. 그림자는 자신의 검은 손으로 흰 벽 위에 약지와 중지를 벌려 입을 만들고 엄지를 뻗어 귀를 만들었다. 어릴 적 그녀가 알려준 그림자 강아지였다. 약지와 새끼가 잘 다물어지지 않은 미완성인 강아지 그림자를 그녀는 한눈에 알아보았다. 정리하던 옷을 던져두고 만질 수 없는 그림자를 매만졌다. 까슬한 벽지의 촉감만이 그녀의 손가락을 타고 전해졌다. 그림자는 강아지 말고 자신의 그림자를 비췄다. 엄마가 그림자가 자신의 아들임을 확인하기 위해 몇 가지 질문을 던졌지만, 그림자는 소리 낼 수 없었다. 그녀는 장롱 위에 오래된 상자에서 계절에 맞지 않는 옷들 사이를 헤집고 어린이용 한글 포스터를 들고 왔다. 그리곤 흰 벽에 붙여주었다. 그림자는 24개의 자음과 모음을 가리켜 질문에 대답을 하였다.

"이름이 뭐야?"

"ㅇㅜㄷㅗㅇ ㄱㅠㄴ"

그림자는 자신의 손으로 자음과 모음을 이름을 말했다. 그녀는 작은 목소리로 그림자가 가리키는 말을 천천히 더듬었다.

“엄마 이름은?”

“ㅌㅏㄱㅇㅡㄴㅅㅜㄱ”

“아빠는?”

“ㅇㅜㄷㅓㄱㅎㅗㅏㄴ”

그녀는 그림자가 아들임을 확신하고 근본적인 질문을 했다.

“어쩌다 그렇게 된 거야?”

“ㄴㅏㄷㅗㅁㅗㄹㅡㄱㅓㅣㅅㅅㅇㅓ”

그녀는 잠시 고민하다가 차마 하지 못할 질문을 하는 듯이 속삭이며 물었다. 혼잣말인지 알 수 없는 작은 소리로.

“죽는 거야?”

그림자도 알 수는 없었다. 하지만 빛이 사라진다면 자신도 사라진다는 것을 알았다. 빛이 없다면 말이다. 그래서 그림자는 선뜻 대답하지 못했다. 그런 무응답은 그녀를 불안하게 만들었다. 그림자는 그녀를 안심시켜야 한다고 생각했다. 이번에는 포스터를 가리키지 않고 두 팔로 X를 만들었다.

"그러면?"

그림자는 어깨를 으쓱했다. 자신도 몰랐다. 그림자가 되는 꿈을 꾸었다고 생각했는데 그것은 꿈이 아닌 현실로 다가왔다. 꿈이라고 생각해봤지만 현실 감각은 어느 때보다 뚜렷했다.

"엄마가 어떻게 해줘야 해?"

"ㅂㅏㄹㄱㄱㅓㅣㅎㅏㅣㅈㅜㅓ"

"불이 꺼지면 안 되는 거지? 그림자가 사라지면 안 되는 거지?"

그림자는 고개를 끄덕였다.

"알았어. 하룻밤 지나면 괜찮아지겠지. 너무 걱정하지 마."

그녀는 방 불을 켜두고 침대에 걸터앉았다. 창밖으로 들어오는 빛과 방 안 형광등의 광량 차이로 그림자는 아까보다 옅어졌다. 그림자는 그녀의 몸을 덮었다. 작은 몸 위에 그림자가 가득 차서 뒤쪽 벽까지 흘렀다. 그녀의 몸은 따뜻했고 축축했다.

　해가 지기 시작하면서 그녀는 불안해했다. 아들이 사라지지는 않을까 방에서 나가지 않고 그림자만 바라보았다. 그림자도 밤을 걱정했지만 예상보다는 큰일이 아니었다. 빛이 사라지지 않는 한 그림자는 사라지지 않는다. 암실이 아니라면 빛은 어디에서든 존재했다. 밤이어도 달빛이 그림자를 만들었다. 그림자와 그의 엄마는 한시름 놓았고 그녀는 밀린 화장실을 다녀오고 물을 마셨다. 그림자의 아빠가 집으로 돌아오고 그녀는 그에게 상황을 설명했다. 그는 처음엔 믿지 못했지만, 방 안에서 홀로 움직이는 그림자를 보고는 말을 잇지 못했다. 하지만 꿈이 아니라면 그림자는 실제로 움직이고 살아있었다. 그림자는 가족들이 한곳에 모이자 자신이 처한 상황이 실감 났다. 눈물이 날 것 같았지만 눈물이 흐르는지 알 수 없었다. 눈물은 그림자가 생기지 않았다. 가족들은 한글 포스터가 붙은 방에서만 그림자와 소통이 가능했다. 질문을 하더라도 간단한 제스처로 예 아니요로 대답할 수 있었다. 질문들은 대부분 그의 엄마가 했던 질문들과 비슷했다. 죽음을 전제로 하는 질문들과 그 이후로는 느낌과 대처 방안을 그들끼리 토론하였다.

　그의 아빠는 그림자가 사라지지 않는다면 괜찮을 것이라고 말했다.

내일 아침까지 몸이 돌아오지 않는다면 병원을 가보자고 했다. 그림자는 고개를 저었다. 그림자도 이미 그런 방법들을 생각해 보지 않은 것은 아니었다. 병원에 간다 치더라도 어떠한 검사도 받을 수 없었다. 엑스레이를 찍을 수도, MRI를 찍을 수도, 피검사를 해볼 수도, 소변 검사도 불가능했다. 그들 모두 알고 있는 방법이 없었다. 일단 기다려 보는 수밖에.

그날 밤은 그림자의 방에서 불을 켜두고 같이 잤다. 3명이 같이 자기는 좁은 방이었지만, 그림자를 빼고 2명이 잘 수 있는 그럭저럭한 공간이 나왔다. 엄마는 침대에서 아빠는 바닥에 이불을 깔고 누웠다. 그림자는 그런 가족들 위에 누웠다. 불 켜진 방 안에서 눈이 부시지 않을까 모로 누워 눈두덩이 위를 가려주었다. 모두 잠이 들었지만 그림자는 잠이 오지 않았다. 하루 종일 먹은 것도 없지만 배고프지 않았다. 그림자는 자신의 상태가 죽어가는 것이 아닌, 영원히 죽지 않는 상태가 되었음을 알았다. 빛이 있는 한 그림자는 죽지 않았다. 빛은 어디에나 있었다. 그림자는 어디에서나 존재할 수 있었다. 방을 벗어나 어디든 갈 수 있었다.

아침이 밝자 가족들은 그림자의 안부를 묻고 출근했다. 아들이 그림자가 되어도 일을 쉴 수는 없었다. 그림자는 불안해하며 출근하는 가족들에게 빛이 사라지지 않으면 자신은 괜찮다며 한글 포스터를 가리켜 긴 설명을 했다. 그 설명으로 그림자의 아빠는 평소 타던 시간보다 늦게 지하철을 타러 뛰었다. 가족들이 모두 떠난 집 안에 혼자 남은 그림자는 부드러운 아침 해를 바라보며 거실 바닥에 누웠다. 거실을 비롯해서 모든 커튼은 떼어져 있었다. 그리고 몇 개 되지 않는 방 불도 켜져 있었다. 혹시나 하는 마음에 그림자의 엄마는 텔레비전을 틀어 어릴 적 즐겨 보던 채널을 틀어주었다. 인기 영화들을 연속으로 방영해 주던 채널에서 알아듣지 못할 언어들이 나오고 있었다.

그림자는 가장 밝은 정오에 집을 나섰다. 이 시간에 집에 있다는 게 생소하기도 했지만 기분이 좋았다. 대학 졸업 후 중소기업에서 일을 하고 있었지만 그도 억지로 나가고 있었기에 그의 엄마에게 간단히 문자를 부탁하고 출근하지 않았다. 되도록이면 해고되었으면 했다. 그림자는 현관문을 열 수 없으니 창문을 통해 나갔다. 그림자가 비칠 수 있는 곳은 어디든 흘러갔다. 아파트 벽을 따라 내려온 그림자는 바닥을 헤엄쳐 다녔다. 강한 태양이 그를 더욱 진하게 만들었다. 그림자는 집 앞에 하천을 따라 걸었다. 걸었다고 하긴 애매했지만 검은 두 다리가 움직이는 것으로 보아 걷는다는 표현이 맞았다. 추위는 느껴지지 않았지만 추운 겨울이었다. 하천 길을 걷는 사람들의 입에서 입김이 자욱하게 나왔다. 그들의 겉옷은 얇지만 안에 옷을 겹쳐 입은 듯 두툼해 보였다. 사람 없이 바닥에 생긴 움직이는 그림자를 사람들을 밟고 당연한 것처럼 지나쳤다. 간혹 산책 나온 강아지들이 그림자를 지나며 짖곤 했지만, 주인은 신경 쓰지 않았다.

누군가 그림자를 알아본 사람은 집으로 돌아가던 길이었다. 정오의 해는 그림자의 윤곽을 더욱 선명하게 만들었다. 속눈썹 그림자가 생길 만큼 뚜렷해진 이목구비를 바닥에서 보았다. 지나가는 사람의 그림자이겠거니 그림자는 대수롭지 않게 지나갔다. 그때 그림자의 어깨는 강하게 부딪혔다. 어딘가에 닿을 수 있는 것인가? 그림자는 혼란스러웠다. 그림자는 물처럼 어느 곳이든 모양을 만들어갔다. 곡선을 따라 허리를 굽혔으며 각을 따라 머리를 접었다. 그렇지만 지금은 어깨가 어딘가에 걸려 실제로 나진 않았지만 둔탁한 소리를 내었다. 그림자는 자신 위로 사람을 찾다 바로 옆 바닥에 누운 그림자를 보았다. 긴 속눈썹 그림자를 갖고 있고 길지도 짧지도 않은 머리 길이를 가진 그림자를. 그녀는 그의 손을 잡고 큰 나무 그늘 밑으로 갔다. 그림자는 순순히 그녀를 따랐다. 자신과 같은 사람이 있다면 자신보다 많은 것들을 알고 있다고 생각했다. 그늘 밑으로 들어가자 그들은 나무 그늘에 가려 모습이 보이지 않았다. 어디서부터 그들인지 경계가 분명하지 않아 자세히 보아야 알 수 있었다. 그림자는 눈을 가늘게 뜨고 그늘을 살폈다. 나뭇잎 그림자가 바람에 흔들리는 그림자를 가장자리로 중앙 부분은 빽빽하게 그림자 져 있었다. 그곳에는 나무 그늘보다 진한 그림자들이 모여있었다. 그림자들은 서로 겹쳐 더 짙은 그림자를 만들고 있었다.

그녀는 그림자의 손을 놓고 말했다. 그림자가 아닌 이들은 들을 수 없는 다른 언어로 말하고 있었다. 마치 그림자놀이를 하며 동물 모양을 만드는 것처럼. 하지만 그들은 서로를 이해할 수 있었다.

"반가워요."

　그림자는 궁금한 것이 많았지만 그녀처럼 말하는 법을 몰랐다. 입이 움직이고 있는 느낌은 들었지만 실제로 말을 하고 있는지조차 확신할 수 없었다. 대신 손으로 '?' 모양을 만들어 보였다. 어떻게 된 영문인지도 몰랐고 이유가 궁금했다. 자신이 무엇인지, 이제 어떻게 되는지, 원래대로 돌아갈 수는 없는 건지. 궁금한 것이 많았지만 제스처로는 그것들을 정확하게 물을 수 없었다. 답답했지만 그녀가 하는 말들이라도 집중해서 들으려 했다. 그녀도 그런 것을 아는지 혼자서 말을 이어갔다.

　"저도 어느 순간 잠에서 깨어나니 그림자가 되었어요. 그늘 아래 있는 사람들도 그랬고 이유는 몰라요. 알고 있더라도 잊었어요. 그림자들은 죽지 않아요. 아주 어두운 공간에도 빛은 있기 때문에 사라지지 않아요. 빛이 들어오지 않는 암실이라면 모를까. 그런 곳은 평상시에도 잘 들어가지 않으니 걱정할 것 없어요. 몸을 되찾는 법도 몰라요. 우리가 아는 것은 기억이 점차 사라진다는 것이에요. 원래의 기억이. 그리고 기억이 사라진 그림자들은 자신보다 옅은 그림자 속으로 들어가 흡수돼요. 지금 있는 나무 그늘처럼, 아니면 저 멀리 보이는 갈대의 그림자처럼. 물론 사람 그림자 속으로도 흡수돼요. 다시 돌아가는 거죠. 그림자에서 그림자로."

그림자는 정작 이유를 듣지 못했다. 자신이 사라지지 않을 뿐 죽은 것이나 다름이 없었다. 답답한 마음에 몸부림쳐도 휘둘리는 팔에는 무게감이 없었다. 그녀는 자신의 말을 다 하고 나무 그늘 깊은 곳으로 돌아갔다. 그녀를 보내고 그림자는 나뭇잎이 흔들리는 가장자리 그늘로 가서 기억을 잃고 싶지 않다고 생각했다. 그래서 기억하기 위해 기억했다. 모든 것들을 기억했다. 가족들을 기억하고 친구들을 기억했다. 어릴 적 자전거에서 넘어져 팔이 골절된 것도 기억했고, 재밌게 보았던 영화들의 제목을 기억했다. 무작위로 기억을 기억했다. 그러자 그림자는 자신이 왜 기억을 기억하고 있는지 잊었다. 무엇 때문에 기억하고 있는지 몰랐다. 그래도 그림자는 기억했다. 그래야 한다는 강한 인상이 남아있었다. 그림자는 그림자들을 기억했다. 자신이 본 그림자들을 기억했다. 자신처럼 그림자가 되어버린 그림자들을 기억했다.

30살이 된 그의 누나 지수는 사라졌다. 잦은 회식이 있었고 그날도 늦게까지 술을 먹고 있으리라 생각했지만 그녀는 돌아오지 않았다. 엄마와 아빠는 그에게 누나가 회사 생활이 바빠서 들어오지 않는 것이라 했다. 그는 그들의 말을 믿었다. 하지만 그녀는 연락도 되지 않았고 그가 기억하는 누나의 나이가 될 무렵까지도 볼 수 없었다.

그는 그녀가 집을 나갔다고 생각했다. 어릴 적 누나는 집에서 얼른 독립해서 나가겠다고 했다. 집안 사정이 넉넉하지 못했던 그들은 항상 부족했고 누나의 학원과 교정 비용 그리고 교복 비용들이 막막했다. 누나는 차라리 공부를 못했더라면 이런 걱정이 없었을 거라며 미안해했다. 자신이 동생의 기회를 뺏는 것 같아 미안해했다. 그래서 그녀는 악착같이 공부해서 가족들에게 다시 돌려주고 싶어 하면서도 집을 싫어했다. 자신이 처한 상황이 지긋지긋했고 모든 걸 포기하고 싶어 했다. 그래도 그는 그런 누나를 좋아했다. 맞벌이로 집에 혼자 있는 시간이 많던 그에게는 그녀가 엄마였고 아빠였다. 밥을 차려주고 숙제를 도와주고 잠이 들면 이불을 덮어주었다.

그리고 잠든 그의 옆에서 그녀는 다 푼 문제집을 지우개로 지웠다. 얼마나 많이 지웠으면 잉크로 인쇄된 문제도 보이지 않았다. 그녀는 백지를 보고 풀었다. 그런 노력은 결과로 돌아와 좋은 대학교에 입학했고 대학 생활을 즐길 새도 없이 그녀는 회사에 취직했다. 그리고 받은 첫 월급으로 가족들의 옷을 사주고 용돈을 주었다.

언젠가 누나가 그의 방에 들어와 다음 날 입을 옷들을 고르며 물었다. 무슨 옷이 괜찮냐고, 옷을 골라 달라고 했다. 그가 보기에는 모두 비슷해 보였다. 검은 하의와 흰 셔츠 또는 검은 하의와 검은 재킷. 무엇을 입든지 그녀는 크게 달라 보이지 않았다. 피로한 눈에는 눈물이 말라 있었고 어디를 보는지 짐작하지 못할 공허가 들어있었다. 눈가 주변에 살이 없어 푹 들어간 눈이 더 들어가 보였다. 눈썹 뼈가 눈을 잡아 삼키는 듯한 인상을 주었다. 그는 누나의 옷을 골라주지 못했다. 그냥 웃으며 괜찮다고 말했다. 누나는 옷을 집어 던지며 그에게 화를 냈다. 옷 하나 골라주는 게 힘드냐고, 그런 눈으로 보지 말라며 소리를 질렀다. 그는 놀란 마음에 던진 옷을 하나씩 주웠다. 옷들을 주워다 다시 옷걸이에 걸어두고 그는 가까이서 누나를 보았다. 얼굴에서 눈은 사라지고 검은 눈 그림자가 드리워져 있었다. 그는 누나에게 미안하다고 사과했다. 그런 의도가 아니었다며 괜찮냐고 물었다.

그녀는 동생의 사과에 오히려 자신이 미안함을 느꼈다. 그리고 곧 다시 지쳤다. 그녀는 자신에게 질문했다. 무엇을 위해 열심히 살았냐고. 그녀는 대답하지 못했다.

그런 누나가 사라진 것은 어찌 보면 정해진 일이었을지도 몰랐다. 가족을 책임져야 한다는 부담은 누나를 좀먹었다. 그래서 그는 이해했다. 집을 떠나 그녀가 행복해질 수 있다면 그도 좋았다. 그러면서도 그는 서운했다. 연락 정도는 줄 수 있지 않나 했다. 자신이 그녀가 자신을 짐이라고 생각한다면 이해할 수 있었지만, 그는 짐이 될 생각이 없었다. 그냥 연락만 해주면 괜찮았다. 간단한 안부 인사만이라도 해주었다면.

그는 누나를 찾지 않았다. 그녀가 원하는 일이 아니라고 확신했기에. 대신 누나가 주었던 사랑과 애정을 기억했다. 그림자는 누나가 사라지던 날을 기억했다. 그림자는 누나가 그림자가 되었던 것을 기억했다. 그림자가 된 누나를 기억했고 누나였던 그림자는 기억했다. 그녀는 그림자가 되어 사라졌다.

그림자는 누나가 그림자가 되었음을 확신했다. 그리고 그 시기는 자신과 비슷했을 것이라 믿었다. 그림자는 누나의 그림자를 찾고 싶었다. 어딘가에 있을 나무 그늘 또는 지나가는 고양이의 그림자 속에서 그녀를 찾으려 했다. 그림자가 된 누나를 알아볼 수 있을지 자신에게 되물었다. 그의 대답은 '알아볼 수 있다'였다.

그림자는 지나는 모든 사물의 그림자를 관찰했다. 사람들의 그림자를 보았고, 지나가는 구름의 그림자를 보았고, 풀벌레의 그림자를 보았고, 새의 그림자를 보았고, 건물의 그림자를 보았고, 택배 트럭의 그림자를 보았다. 세상 어느 곳에는 그림자가 있었다. 누나는 어디에든 있을 수 있었다. 그림자가 어디든 갈 수 있는 것처럼 말이다. 그림자는 넓은 세상에 많은 그림자를 모두 확인할 수 없었다. 그도 어딘가에 그림자가 되어야 할 운명이었다. 그림자는 하천 옆에 설치된 벤치 아래 그림자에 숨어 생각했다. 누나가 어느 그림자가 되었을지 생각해 보았다.

누나는 산을 좋아했다. 여름방학이 되면 그를 데리고 집 근처에 있는 적당한 높이의 산을 올랐다. 약수를 먹고 배탈이 나기도 했지만 다음 날에도 그다음 날에도 약수를 마셨다. 약수터 물이 가장 시원하다는 이유였다. 집에는 정수기가 없었기에 더운 날에도 시원한 물을 마실 수 없었다. 에어컨은 물론 약풍으로만 돌아가는 선풍기도 없었다. 습한 집 안 벽지는 곰팡이가 슬어있었다. 누나는 더위를 이기기 위해 나무 그늘을 찾아 산으로 갔다. 집에 시원한 물이 나오고 선풍기가 돌아가도 누나와 산을 올랐다. 누나가 사라진 이후로도 그는 산을 찾곤 했다. 누나와 추억이 있는 장소였고 산을 오르면 답답한 기분이 풀어지기도 했다. 약수터는 대장균이 검출되었다는 안내문과 함께 폐쇄되어 있었다. 그는 약수로 손을 씻으며 몰래 맛보고 시큼한 맛에 놀라곤 했다.

그림자는 누나와 자주 오르던 산으로 갔다. 해가 져가면서 그림자의 길이는 길어졌다. 산 안쪽으로는 나무 그늘이 빼곡하게 채워져 있었다. 나무 그늘 위에 다른 그늘이 겹쳐져 짙고 차가운 그늘을 만들었다. 누나는 아마 이 많은 그늘 중 하나가 되어있을 것이라고 그림자는 생각했다. 그곳이 누나가 가장 좋아하는 곳이고 다른 장소가 딱히 생각나지 않았다.

해가 다 져갈 때까지 그림자는 누나의 그림자를 찾지 못했다. 대신 나무 그늘이 된 그림자들이 그를 이상하게 쳐다볼 뿐 다른 점을 발견하지 못했다. 그리고 그림자는 아무런 소득 없이 집으로 돌아갔다. 기억은 사라지고 있었으므로 그림자는 엄마와 아빠에게 인사를 하고 떠날 참이었다. 그런 생각이 들자 그림자는 슬펐지만 금세 그런 기억을 잊었다.

집으로 돌아와 그림자는 틀어진 텔레비전과 켜진 불들을 보았다. 그림자는 사방에서 오는 빛들로 인해 여러 갈래로 쪼개졌다. 가족을 기다리며 집 안을 부유하며 사라지는 기억들을 잡으려 노력했지만 그것마저도 잊었다. 해가 저물고 가족이 집으로 퇴근할 때까지 그림자는 거의 모든 기억을 잊었다. 가족을 기다린다는 기억과 자신이 어딘가의 그림자가 되어야 한다는 기억만 남아있었다. 그림자는 집 안에 있는 그림자를 찾았다. 커튼 그림자를 찾았고 냉장고 아래 그림자를 찾았고 문의 그림자를 찾았다. 그리고 방에서 자신이 즐겨 쓰던 모자의 그림자를 찾았다. 검은색 야구 모자는 뒷부분에 있는 조절 벨크로가 누렇게 변할 때까지 그자리에 있었다. 그는 그 모자를 유난히 좋아했다. 누나가 선물해 준 모자이기도 했고 대학생 시절 아르바이트를 하면 모자를 쓰지 않는 날이 없었다. 머리를 감지 않아도 되었기에 아침에 잠을 더 잘 수 있었고, 강한 태양 빛을 모자의 그늘이 막아주었다. 선크림을 바르지 않아도 얼굴이 많이 타지 않았다. 팔과 다리는 검게 탔지만 얼굴만은 타지 않았다. 그는 그럴 때마다 모자를 쓰고 있으면 누나와 함께 가던 산을 떠올렸다. 산의 그늘과 같다고 그는 생각했다.

그림자는 모자챙 아래로 기어들어 갔다. 다시 한번 써보고 싶었지만 모자의 그림자로 변할 뿐 모자의 무게감은 느껴지지 않았다. 그림자는 모자 그늘 안에서가 아닌 그늘이 되어 편안함을 느꼈다. 감지 않은 머리가 만든 얼룩과 땀들의 냄새가 나기도 했지만, 그 냄새들은 믿을 수 없을 만큼 겨울 이불처럼 무겁고 포근했다. 그림자는 모자 그림자가 되기로 했다. 가족과 인사하지 못한다는 점이 마음에 걸렸지만 어쩔 수 없는 일이었다. 밖으로 나가 가족을 찾는다면 모자챙이 만드는 그림자가 될 수 없었다. 돌아오다 혹은 가는 도중에 아무 나무나 벽의 그림자가 되어야 했다. 그림자는 그것은 싫었다. 자신이 선택하고 싶었다.

그림자는 점점 모자 그림자로 변해갔다. 검은 윤곽은 뭉개져 모자 모양을 찾아갔다. 모자가 만든 그늘은 더 깊어졌다. 모든 빛을 흡수할 듯한 짙은 검은색을 만들었다. 그림자는 그곳에서 다른 그림자를 찾았다. 그림자는 낮에 느꼈던 어깨의 감촉을 다시 느꼈다. 어딘가에 걸린 어깨의 느낌을. 그것은 그림자와 그림자가 겹쳤을 때 느끼는 둔탁한 충돌임을 알았다. 모자 아래 누군가 있었다. 이미 그림자가 되어버려 말을 할 수도, 움직일 수도 없는 그림자는 그 자리를 지키고 있었다. 누군지 알 수 없지만, 그림자는 누나였으면 좋겠다고 생각했다.

누나는 그가 즐겨 쓰고 자신이 선물한 모자 아래 그늘이 되었다. 그녀는 동생의 모자 그림자가 되어 햇빛을 막아주었다. 여름날 강한 태양을 막아주며 땀을 식혀주었다. 산 나무의 그늘처럼 언제나 그 자리를 지켰다. 처음에는 그 옆에 남아 동생의 감지 않은 머리를 가려주고 해를 가려

주었다. 그리고 점차 기억은 사라지고 자신이 누구인지조차 잊을 무렵에도 그녀는 그 자리를 지켰다. 모자 아래 그늘이 되어 동생의 얼굴을 감싸 안았다. 그는 그 사실조차 모른 채 모자가 만드는 그늘을 생각하지 않고 습관적으로 쓰고 다녔다.

그림자는 그렇게라도 생각하고 싶었다. 어깨에 부딪힌 그림자는 모자가 원래 갖고 있던 그림자를 밀어내는 과정에 불과했다는 것을 알고 싶지 않았다. 그림자는 모자 그림자를 밀어내고 자신의 몸을 욱여넣었다. 그림자는 이제 눈을 감고 사라지는 기억들을 흘려보냈다.

# 장마

비가 싫다.

비가 오면 바지 밑단과 신발이 젖는다. 비가 내리면 빨래가 마르지 않는다. 비가 떨어지면 산책을 할 수 없다. 야구 경기는 취소되고, 소풍도 취소된다. 전날 세차한 이유가 사라지고, 빗길에 사고가 일어난다. 천둥과 번개가 치고 잠이 든 아이가 깬다.

그리고 장마가 온다.

아내는 나처럼 비를 싫어했다. 이유는 달랐지만 그래도 비를 싫어한다는 사실은 같았다. 아내는 비가 싫다고 했다. 비가 오면 어딘가에 부딪히는 빗소리가 싫었고, 하늘에서 셀 수 없는 무언가 떨어진다는 사실을 무서워했다. 빠르게 떨어지는 빗방울을 맞으면 자기 몸에 구멍이 뚫릴 것 같다 했다. 그녀의 상상력이 귀여웠지만, 자기 자신은 정말 그렇게 믿는듯한 진지한 얼굴을 했다. 그리고 빗방울이 바위를 쪼갠 이야기를 예로 들었다. 단순히 예를 든 것이어서 그녀 자신도 그 예시가 적당하고 느끼지 못한 채 이야기가 끝났다.

비가 오던 날 아내를 처음 만났다. 졸업식을 마치고 만난 동기들의 술자리에서 줄곧 조용하던 아내는 창가에 앉아 하늘을 바라보았다. 걱정이 가득한 얼굴로 하늘만 바라보았다. 동기들은 술을 몇 잔 걸치더니 졸업 후에 계획들을 누가 시키지도 않았는데 차례로 발표하기 시작했다. 대기업에 이미 취업한 동기들도 있었고, 여행 계획을 말하는 동기들도 있었다. 나는 마지막 학기에서도 학점이 부족해 학교를 다니고 있었기에 미래에 대해 생각해 본 적이 없었다. 내 얼굴도 아내와 같은 걱정이 있었다. 미래에 대한 두려움이. 아내는 가까운 미래를 걱정했고, 나는 먼 미래를 걱정했다. 그녀가 걱정하던 일은 금세 현실로 나타났다. 비가 오기 시작했다. 이슬비는 굵어졌고, 밤하늘은 먹구름으로 더욱 어두워졌다. 동기들은 비가 더 오기 전에 자리를 옮기자 했지만, 나는 비를 맞는 것이 싫었기에 비가 그칠 때까지 술집에서 기다릴 생각이었다. 그녀도 그 자리에 남아있었다. 동기들은 우리 둘 사이를 의심했지만 착각이었다. 나는 그녀를 매력적이라고 느끼지 않았고, 말도 섞어본 적 없는 사이였다.

술집에 남은 아내와 나는 비가 그치기를 기다리며 술 한 병과 안주를 더 시켰다. 바짝 마른 오징어를 시킨 그녀는 잘근잘근 씹으며 오랫동안 먹었다. 오징어를 씹다가 입이 마르면 맥주 한 잔을 들이켰다. 그리고 아내가 먼저 말했다.

"오해하지 말아요. 그냥 비가 싫어서 남아 있는 거니까."

"괜찮아요. 저도 비가 멎으면 나갈 거예요."


짧은 대화가 오고 가고 긴 침묵이 찾아왔다. 아무 말 없이 맞은편에서 오징어를 씹었다. 비는 그칠 줄 모르고 오히려 빗줄기가 굵어졌다. 아내는 세상 누구보다 우울해 보였다. 무슨 일이 있는지 묻고 싶었지만 입이 떨어지지 않았다. 그저 비가 싫어서 그런가 보다 생각하고 말았다. 술집 문이 닫히자 우리는 바로 앞으로 택시를 불러 타고 헤어졌다. 다른 인사 말도 없이 단 한 마디씩 주고받고.


그녀를 다시 만난 것은 화창한 봄날이었다. 가까운 친척의 소개로 작은 회사에 들어가서 일을 배우고 있었다. 무슨 일을 하는 회사인지도 몰랐다. 학교를 졸업하고 집에서 아무것도 하지 않는 것보다는 집에서 나와 무슨 일이라도 하는 것이 마음에 편했다. 내가 무슨 일을 하는 건지 몰랐지만, 일을 하고 있다는 사실만으로도 감사했다. 회사는 집에서 지하철로 1시간이 조금 더 걸렸다. 통학도 2시간을 했던 근성으로 출퇴근을 했다. 1시간은 오히려 짧게 느껴졌다. 출근 지하철에는 사람이 많았다. 그 시간대에는 모든 곳에 사람이 많았다. 만원 지하철에 타서 손잡이도 잡지 않고 서서 갔다. 지하철이 흔들리지만 넘어지지 않았다. 공간이 가득 차서 넘어지려 해도 넘어질 수 없었다. 피곤한 몸들이 한곳에 모여 누구도 쓰러지지 않게 만들었다. 나는 몸에 힘을 풀고 사방에 몸을 맡겼다.

몇 정거장을 지나자 갈아타는 사람들이 물밀듯이 빠져나갔다. 그들은 모두 목적지는 다르지만 거쳐 가는 길은 같았다. 사람이 빠지자 나는 몸에 힘을 주고 서 있었다. 누구도 나를 지탱해 주지 않았다. 지하철 창문으로는 따뜻한 햇살이 들어왔다. 몸에 힘이 풀리고 노곤해졌다. 그 순간 누군가 내 어깨를 두드렸다. 아내였다. 내가 뒤를 돌자 얼굴을 확인하고는 살짝 미소를 지었다. 입꼬리가 균형감 있게 올라가 있었다. 나는 아내를 알아보지 못했다. 얼굴은 그대로였지만 졸업식에서 본 그녀와 전혀 다른 분위기였다. 중 단발의 머리는 정리가 안 되어있고, 화장기 없는 얼굴은 푸석해 보였지만 눈만큼은 빛났다. 눈이 깊다는 말을 처음 이해하게 된 순간이었다. 모든 것을 꿰뚫어 볼 수 있는 눈, 거짓말을 하지 못하는 눈, 건강한 눈, 반가워하는 눈. 나는 그 눈에 반했다.

그녀는 어떻게 지냈냐며 질문을 해왔다. 쉴 새 없는 질문에 나는 어떻게 대답해야 할지 몰라 전화번호를 주고 다음에 다시 만나자고 했다. 그녀는 퇴근 후에 잠깐 만나자며 시간과 장소를 정하고는 지하철에서 내렸다. 순식간에 일어난 일이라 잠에서 덜 깬 듯 몽롱했다. 그녀가 한 말을 모두 기억할 수 없어서 나는 퇴근 시간이 가까워지자 다시 문자를 보내 장소와 시간을 확인했다.

낮에 만난 역 근처 호프집에서 간단하게 맥주를 마셨다. 그녀는 안주로 대충 배를 채우고 생맥주를 시켜 마시기 시작했다. 얼마나 많이 먹었는지 생맥주잔이 작은 테이블을 가득 채웠다. 새로 시킨 마른오징어를 둘 곳이 없었다. 알바생은 맥주잔을 치우고 오징어를 테이블 위로 서빙했다. 그녀는 근처에서 회사를 다니고 있다고 했다. 무슨 일을 하는지 정확하게 알려주진 않았지만 궁금하지 않아 자세히 묻지 않았다. 대신 그녀는 졸업 후에 삶을 간단하게 이야기해 주었고, 취기가 올랐는지 자신이 살아온 이야기를 시작했다. 졸업식 날 본 그녀의 첫인상과 호프집에 앉아 생맥주를 들이켜는 그녀의 인상이 너무나 달라 다른 사람이 아닌지 헷갈렸다.

위로 8살 많은 언니를 둔 막내딸인 아내는 친할머니에게 미움받았다. 미움이라기보단 증오에 가까웠다. 어린 손녀와 그녀의 언니에게도 그리고 그녀의 엄마에게도 친할머니는 증오를 보였다. 아빠는 3남매의 장남이었고, 명절이 되면 친할머니는 그녀와 엄마에게 들으라는 듯이 핀잔을 주었다. 그런 내색을 비춘 것이 아니라, 얼굴을 똑바로 보며 말하였다. 대부분의 말들에서는 '사내'와 '딸년들'이라는 단어가 반복되었다. 아내는 그 당시 할머니의 말들을 알아듣지는 못했지만, 자신을 싫어하고 자신의 엄마를 욕하는 말들임을 알았다고 했다. 그래서 언니가 친척 집에 가는 것을 꺼리고, 친할머니를 보는 것을 싫어했는지도 이해가 간다고 했다. 그렇지만 그녀는 언니의 그런 태도를 좋아하지 않았다. 그것은 해결하려는 시도도 하지 않고, 그저 피하는 것일 뿐이라고. 그리고 그녀는 반이나 넘게 남은 생맥주를 한숨에 들이켜고, 알바생에게 잔을 들어 보였다.

살얼음이 낀 맥주잔이 나오고, 그녀는 자신의 엄마에 대해 말했다. 그녀가 10살이 되던 여름날, 친할머니는 연락도 없이 집을 찾아왔다. 엄마는 당황한 기색을 보였고, 언니는 공부를 해야 한다며 도망치듯이 집을 나갔다. 집을 나가는 언니에게 할머니는 혀를 찼다. 그리곤 좁은 집 안을 돌아다니며 잔소리를 시작했다. 살림이 이러니 아들을 못 낳는다는 둥, 아들이 불쌍하다는 둥. 엄마는 고개를 숙이고 할머니의 말을 듣고만 있었다. 그녀도 옆에 서서 고개를 숙이고 같이 서 있었다. 자신의 잘못으로 엄마가 혼나는 듯한 느낌이 들었다고 했다. 얼마나 시간이 지났는지도 모를 만큼 시간은 더디게 갔고, 그녀는 할머니가 가던 순간 비가 쏟아졌다고 했다. 이른 장마가 시작되었다고. 할머니는 가던 길에 떨어지는 빗방울을 맞았을 것이라며 비를 맞고 있는 할머니를 생각하면 아직도 기분이 좋다며 웃었다. 그날 저녁 아빠는 집에 돌아오지 않았다. 무슨 일인지 엄마는 이야기해 주지 않았고, 엄마도 아빠와 함께 들어오지 않았다. 나중에 알게 되었지만, 그날 할머니는 갑자기 쏟아지는 비를 피하기 위해 횡단보도를 급하게 건너다 사고를 당했다고 언니가 말했다. 엄마는 그녀와 언니를 장례식에 데려가지 않았다. 할머니가 없다고 하더라도 친가 친척들은 그녀들에게 할머니가 했던 말들을 반복했을 것이기 때문이었다. 그런 곳에 혼자 갔을 엄마를 생각하자 그녀는 마음이 좋지 않았다고 했다.

장례식을 마치고 돌아온 엄마는 깊은 잠이 들었다. 장마가 끝나고 날이 완전히 밝아질 때까지 잠이 들었다. 아빠는 그녀가 하는 질문에 귀찮다는 듯이 대답했다. 그녀는 엄마가 왜 잠들었고, 일어나지 않는지 다시는 묻지 않았다. 언니도 그녀에게 대답해 주지 않았다. 아마 언니도 몰랐을 것이라고 그녀는 회상했다. 한번은 아빠가 병원에 데려가기도 했지만 그때가 마지막이었다. 아빠는 그녀에게 엄마가 잠을 자느라 씻지 못하니 수건으로 닦아주라고 했다. 침대에 붙어있는 허벅지 뒤쪽과 등을 닦아주라고. 그리고 아빠는 집에 잠깐씩 들어와서 엄마가 깨어있는지 확인하고 다시 나갔다. 며칠이 지나고 그녀의 아빠는 집에 오는 횟수가 줄었고, 돌아오지 않았다. 그래도 그녀는 아빠가 시킨 대로 엄마의 몸을 정성스럽게 닦아주었다. 그녀는 엄마의 몸을 닦으며 생각했다. 몸을 왜 닦아야 하는지. 엄마의 몸은 자신의 몸보다 깨끗해 보였다. 땀 냄새도 나지 않았다. 땀을 흘리긴 하는지도 의문이 들었다. 그녀는 자신이 잠든 사이에 엄마가 일어나 씻는 것이 아닌지, 밤을 새워보았다고 했다. 그렇지만 엄마는 일어나지 않았다.

나는 미지근한 맥주잔을 들었다. 잔 겉에 생긴 물이 허벅지에 떨어졌다. 떨어진 물은 차가웠다. 허벅지에 묻은 물을 함부로 닦으며 물었다.

"언니는요?"

그녀는 예전처럼 오징어를 들더니 오랫동안 씹었다.

"언니는 가끔 집에 담배 냄새와 술 냄새를 풍기며 들어와 간단하게 밥을 차려주고 나갔어요."

"그럼 쭉 혼자 지냈던 거예요?"

나는 질문을 하고 괜히 물었나 싶어 대답하지 않아도 된다는 제스처를 보냈다. 그렇지만 그녀는 괜찮다며 말해주었다.

"저는 불안했어요. 엄마가 깨지 않으면 어쩌나. 죽은 것이 아닌가. 밥도 먹지 않고, 물도 마시지 않은 사람이 살아있을 거라고 생각하지 않았어요. 그런데 엄마가 죽는다고 상상해 본 적이 없어요. 엄마가 죽지 않을 것 같은 확신이 들었거든요. 무슨 이유인지 장마가 끝나던 날, 엄마는 일어났어요. 아무 일도 없었던 사람처럼 아침에 일어나서 계란말이를 만들고, 제가 좋아하는 소시지를 구워 줬어요. 평소보다 기분이 좋아 보였어요. 계란말이는 조금 싱거웠지만, 상관없었어요. 엄마가 즐거우니까. 아침을 먹고 엄마와 밖으로 나갔어요. 장마가 끝나서 날씨가 좋았어요. 날씨는 더웠지만 아침 공기가 시원했죠. 아파트 단지 안에 있는 놀이터로 가서 시소도 타고 그네도 타면서 놀았는데 어느 순간 엄마가 해를 보고 서 있었어요. 한참은 햇빛을 보지 못한 사람처럼 그 자리에서 가만히 해를 보고 서 있었어요. 실제로 해를 오랜만에 보는 거긴 했지만 이상할 만큼 집중해서 해를 쳐다봤어요. 저는 엄마가 무엇을 보는지 궁금해서 같은 곳을 바라보았지만 눈이 부셔서 제대로 눈을 뜰 수도 없었어요."

목이 마르는지 맥주 한 모금을 마시고 다시 이어 말했다.

"그때부터 엄마는 해가 떠 있는 시간이면 저를 데리고 나가서 해를 보기 시작했어요. 선크림도 바르지 않은 채 뜨거운 해를 보고 있으니 얼굴은 벌겋게 달아올랐죠. 방학이 끝나고 학교에 가니 선생님은 재밌게 놀다 왔냐며 물었어요. 저는 놀러 간 적이 없었지만 웃으며 질문을 넘겼어요. 시간은 지나서 가을이 되었고, 비가 오기 시작했어요. 가을비라고 해야 할까. 여름 끝자락에 비가 오면 가을이 오잖아요. 갑자기 시원해지면서. 그런 비가 왔어요. 비가 올지 몰라 미처 우산을 챙기지 못해 비를 맞으며 집으로 돌아왔죠. 집에는 아빠와 이모가 서 있었어요. 이 시간에 집에서 아빠를 보는 것도 이상했지만 이모가 서 있는 게 더 신기했어요. 그리고 그 둘은 아무 말 없이 옷 몇 별을 챙겨서 나를 데리고 갔어요. 그 이후로 이모 집에서 살면서 조용히 지냈어요. 엄마는 어디 갔냐며 묻고 싶었지만 이유를 정말로 궁금한지 몰랐어요. 비 오는 날 친할머니는 돌아가셨고, 비 오는 날 엄마가 사라졌으니까요. 이유를 알고 있었지만 확인하고 싶지 않았겠죠. 그저 엄마가 비가 와서 잠이 들었다고 줄곧 생각해왔어요. 비가 그치면 일어나고 비가 오면 잠이 들고. 그래서 비를 싫어해요."

나는 그날 그녀에게 많은 이야기를 들었다. 내가 한 말이라곤 나도 비를 싫어한다는 이야기를 한 것이 전부였다. 호프집에서 나와 그녀의 집으로 갔고 우리는 금세 연인 사이로 발전했다. 다른 연인들처럼 데이트를 하고 호프집에서 맥주를 많이 마셨다. 나는 그 당시 집에서 나와 그녀와 같이 살기 시작했다. 내내 붙어있던 우리가 잠시 떨어져 지내던 것은 장마 동안이었다. 그녀는 장마가 가까워지면서 기운이 없어졌다. 나는 엄마에 대한 그리움 때문이라고 생각했고, 장마 동안 만나지 말자는 그녀의 말에 말없이 동의했다. 그동안 나는 못 만났던 친구들을 만나고 집에서 못 잔 잠을 몰아서 자기도 했다. 장마가 끝나면 그녀와 함께 산책을 했다. 해가 쏟아지는 낮에는 한참을 밖에서 걸었다. 날씨가 더웠지만 기분이 좋아진 그녀를 보는 것이 나도 좋았다.

여름이 지나가며 가을비가 오던 날 나는 그녀와 방에서 빗소리를 들으며 누워 있었다. 그녀는 슬픈 눈과 슬픈 귀를 하고 빗소리를 들었다. 나는 기분이 좋지 않은 그녀를 기쁘게 하기 위해서, 비 오는 날이 좋은 날이 되었으면 하고 결혼 이야기를 꺼냈다. 그녀는 슬픈 눈과 올라간 입꼬리로 대답을 해주었다.

우리는 가을에 혼인신고만 하고 식을 따로 올리지 않았다. 그녀가 살고 있던 집에 전세금을 돌려받아 모아둔 돈과 함께 빌라 5층 방을 얻었다. 방이 2개가 있고 조그마한 거실과 주방이 딸려 있는 작은 집이었지만 그땐 커 보였다. 그녀는 짐을 정리하면서 물었다. 작은방 하나를 자신이 써도 괜찮겠냐고. 누구 하나 눕기 힘든 그 방을 나는 흔쾌히 그녀에게 양보했다.

가을에 결혼을 하고 겨울이 지나고 봄이 왔다. 우리는 출근을 하고 퇴근을 하면 산책을 즐기고 주말에는 죽은 듯이 자기를 반복했다. 사이는 그전과 같았고, 아이는 없었다. 경제적인 이유로 나는 그녀에게 아이를 강요하지 않았고, 그녀도 같은 마음이었던 것 같다. 문제는 그다음 여름 장마부터였다.

나는 그녀와 장마를 같이 보낸 적이 없었다. 같이 저녁을 먹고 일기예보를 보며 장마 이야기를 들었다.

"내일부터 장마래."

내가 청혼을 하던 날의 슬픈 눈을 하고는 그녀는 대답했다.

"내일 비 안 와."
"어떻게 알아?"
"비가 내리기 시작하면 잠깐 집에 내려가 있을래?"
"알았어. 비가 그치면 돌아오면 되지?"

나는 달리 같이 있자고 하지 않았다. 이유를 말해주지도 않을뿐더러 이유를 이야기해 줘도 나는 절대 이해하지 못할 것이라는 눈으로 나를 보았다. 이유를 물은 다음 대화들이 예상되지 않아 어지러웠다. 하지만 궁금한 점 한 가지는 있었다. 그녀가 이사를 오던 날 나에게 양보받았던 작은방이 신경 쓰였다. 그 방은 언제나 잠겨있었고, 그녀가 방으로 들어가 있는 것도 본 적이 없었다. 본 적이 없을 뿐이지 먼저 퇴근한 날에 들어가 있던가 아니면 주말 늦게까지 내가 자는 동안 들어가 있을 것이라고 확신했다. 언젠가 방에 대해서 물으면 그녀는 대답을 회피하며 대화 주제를 돌렸다. 날씨가 좋다던가. 어디를 놀러 가자든가 하며. 먼저 퇴근한 날이면 방문을 열어보았지만 잠겨있었고, 열쇠를 찾았지만 보이지 않았다. 좁은 집에서 열쇠를 찾지 못한 것이라면 그녀가 지니고 다닌 것이 분명했다. 나는 그렇게 지키고 싶은 비밀이 있다는 사실을 존중하면서 내심 서운함을 감출 수 없었다. 그래서 나는 머릿속에서 그 방에 존재를 지웠다. 그편이 나에게도 편하고 그녀에게도 편했다.

그녀의 말대로 다음 날 비가 오지 않았다. 비가 올 낌새도 보이지 않았다. 집에 더 있어도 될 것 같아서 그녀에게 하루 더 있다 가겠다고 물었지만 그녀는 먼저 챙겨둔 내 짐을 내밀었다. 백팩 하나에 다 들어갈 만큼의 옷과 속옷들을 주었다. 속옷은 13벌이 들어있었다. 13일 뒤에 들어오라는 암시 같았다. 그녀는 비가 언제 그치는지 알고 있는 것일까? 아니면 13벌밖에 없는 내 속옷을 모두 챙겨 준 것일까? 그녀의 진심에 나는 가방을 들고 집을 나섰다. 11시가 넘은 시간에 집에서 나와 주차장까지 걸었다. 빌라는 주차 공간이 협소해 걸어서 10분 거리에 주차장을 사용하고 있었다. 빌라 측에서 제공하는 주차장이었지만 그곳도 밤이면 자리가 많이 남아 있지 않았다. 주차장에 도착하자 비가 쏟아지기 시작했다. 태풍이 온 듯이 바람과 비는 한순간에 찾아왔다. 나는 차 앞에서 비를 맞으며 키를 찾았다. 그녀가 등 떠밀 듯이 보내는 바람에 키를 깜빡했다. 다시 집으로 돌아가 키를 챙기고 비가 잠잠해지면 출발하려 다시 집으로 돌아갔다.

집으로 들어오자마자 젖은 옷을 갈아입었다. 그녀가 자는 듯이 내가 들어와도 나와 보지 않았다. 나는 잠을 깨울세라 조용히 키를 챙겼다. 그리고 현관 옆에 작은방을 보았다. 작은방은 내 호기심을 자극했다. 그녀는 무엇 때문에 장마 동안 나와 같이 지내지 않는지, 엄마에 대한 그리움 때문에 마음이 좋지 않더라도 나와 함께 지내며 슬픔을 덜 수는 없는 것인지. 서운함에 작은방 문고리를 돌려보았지만 당연히 잠겨있었다. 이유가 궁금했다. 이유를 알지 못하면 떠나지 못할 것 같았다. 나는 곧장 안방으로 가서 방문을 열었다. 더블 사이즈 침대에 그녀가 누워있었다. 혼자 누우니 침대는 넓었다. 그래도 그녀는 자신이 늘 차지하던 자리에서 벗어나지 않았다. 나는 그녀가 남겨둔 내 자리에 가서 누웠다. 다음날 출발하면 괜찮겠지. 이유를 듣고 출발해도 늦지 않겠지 생각했다. 잠이 들기 전까지 많은 생각들이 오갔고 그녀에게 듣지 못하면 혼자 하는 생각들은 추측에 불과했다. 아침을 기다렸다. 이유를 그녀의 입으로 듣기 위해서.

잠이 들고 나는 악몽을 꾸었다. 꿈속에서 나는 온몸이 비에 젖은 채로 걸었다. 체중이 실린 발 쪽 양말에서 찌걱 소리가 났다. 나는 무거운 몸으로 집 안을 돌아다녔다. 몸을 말리고 새로운 옷으로 갈아입고 싶었다. 그렇지만 몸을 말릴 수도, 마른 옷을 찾을 수도 없었다. 모든 것은 젖어있었다. 물에 절여져 있었다. 아내를 불러보아도 그녀는 자신의 작은방에서 나오지 않았다. 문은 잠겨있고 나는 점점 더 무거워지는 물에 젖은 옷들 아래로 깔렸다. 그 중량은 내 늑골을 부수고 쇄골을 부쉈다. 부서진 늑골과 갈비뼈는 폐와 심장을 찔러 익사했다.

　악몽에서 깨어난 시간은 아침이 아닌 점심이 가까운 시간이었다. 주말이기에 알람이 따로 울리지 않았다. 일어나서 옆에 그녀가 누워있는 것을 확인했다. 주말에도 늦잠을 자지 않던 그녀가 이상했다. 나는 그녀 생각을 뒤로하고 땀에 젖은 옷을 갈아입고 물을 마시러 나왔다. 낮이었지만 거실은 어두웠다. 바깥에서는 세찬 빗소리가 들려왔다. 빗소리가 아니었다면 비가 온다고 생각하지도 못할 만큼 빗방울은 빈틈없이 내렸다. 그 많은 비는 내가 집에 있는 이유를 상기시켰다. 나는 곧장 안방으로 가서 그녀를 깨우려 고민했다. 내가 집에 남아있는 것을 본다면 실망하지 않을까. 그녀를 실망시키기 싫었다. 하지만 깨워야 했다. 그녀의 입으로 대답을 들어야 했다. 무엇 때문에 나가라고 했는지, 작은방에서는 무슨 일들이 일어나고 있는지. 생각은 그렇게 들었지만 정작 그녀에게 손도 대지 못하고 숨소리도 죽였다. 내 몸은 알았다. 그녀를 깨우면 안 된다는 것을, 그리고 내가 이곳에 있으면 안 된다는 사실도.

  집을 나올 생각으로 현관 앞 놓인 배낭을 들고 집을 나섰다. 차 키도 챙겼다. 현관을 열자 복도식 아파트의 탁 트인 전경이 보이지 않았다. 비가 너무 많이 오고 있었다. 비가 모든 것을 채웠다. 빗방울 사이에 공간이 없는지도 몰랐다. 공기도 들어가지 못하는 빗방울 사이를 보다 보니 숨이 막혔다. 비가 내린다고 표현해야 하는지도 의문이 들었다. 거대한 댐이 무너진 듯 물줄기가 내렸다. 집에 있을 때는 인식하지 못했던 소리가 실체를 보자 들리기 시작했다. 빗소리가 아니라 폭포 소리에 가까웠다.

  집으로 다시 들어와 텔레비전을 틀자, 뉴스 속보가 나오고 있었다. 기록적인 폭우라는 헤드라인이 맨 아래에서 흘러가고, 도로 CCTV 화면이 띄워졌다. 그것은 화면이라 부르기 애매했다. 가장자리에 지나가는 시계의 초들이 그나마 영상이라는 것을 인식시켰다.

  TV를 끄고 베란다에서 밖을 살폈다. 창문 바로 앞에 물줄기가 떨어지고 있어 내 얼굴이 살짝 비춰 보였을 뿐 아무것도 보이지 않았다. 내가 알아차릴 수 있는 것은 단지 아까와는 다른 소리의 크기였다. 떨어진 빗방울들은 바닥이 아닌 고여있는 빗물들을 때리고 있었다. 소리는 더욱 크고 가까워졌다. 물건을 던져 확인하고 싶었지만 창문을 열 엄두가 나지 않았다. 자는 사이에 열어둔 창문에 빗물이 들어오는 정도와는 달랐다.

빗소리에 머리가 울리고 깨질 듯이 아파왔다. 그때 잊고 있던 존재가 인기척으로 다가왔다. 나는 놀라 뒤를 돌아보았다. 그녀는 없었다. 그녀는 아직 안방에서 자고 있었다. 이런 소음에 깨지 않을 수 있는지 놀랐고, 의식을 잃은 것은 아닌지 걱정되었다. 나는 그녀의 호흡을 확인하고, 흔들어 깨웠다. 이제는 깨워야만 했다. 어깨를 흔들어 깨우고 몸을 뒤집어보기도 했지만 그녀는 일어나지 않았다. 나는 단순히 잠이 든 것이 아니라 생각했고 휴대폰을 119를 눌렀다. 통화음은 몇 초도 되지 않아 끊겼다. 다시 걸어보았지만 두 번째 시도에서는 통화음도 들리지 않았다.

습기 때문인지 긴장한 탓인지 온몸이 땀으로 젖었다. 옷은 무거워졌고, 답답했다. 옷을 갈아입기 위해 옷장을 열자 퀴퀴한 냄새가 가득했다. 습기가 찬 것이 맞았다. 벽지도 울어있었고, 장판도 가장자리부터 뜨기 시작했다. 그녀는 깨지만 않을 뿐, 숨을 고르게 쉬고 있었고 코를 골기도 했다. 그녀는 잠이 들어있었다. 무슨 일이 일어나는지도 모른 채 잠이 들어있었다. 그것이 아니라면 무슨 일이 일어날 줄 알고 먼저 잠이 든 것일 수도 있었다.

흰 원피스 잠옷을 입고 곤히 잠을 자는 그녀를 보며 나는 그녀의 엄마를 떠올렸다. 그녀의 엄마도 그렇게 잠이 들었다. 그녀는 그런 엄마를 나와 같은 마음으로 지켜보고 깨웠을 것이다. 언제 올지 모르는 사람을 기다리는 심정으로.

떨어지는 빗소리는 더 가까워졌다. 아마 바로 밑에 층까지 잠겨있지 않을까. 아무도 맨 위층에 사는 우리 집을 노크하지 않았다. 어째서 위로 올라오지 않는 것인지 의아했다. 1층은 잠이 든 새벽에 잠겼을 것이고, 2층은 설마 하는 생각에 대피하지 않았을 것이고, 3층과 4층도 마찬가지라면 아무도 올라오지 않은 것이 이해가 갔다. 자신은 괜찮겠지 하는 생각이 그들을 그들의 층에서 머물게 만들었다. 나 또한 그렇게 생각한다. 5층까지 잠기는 비는 오지 않을 것이다. 4층이 잠기는 비가 오더라도.

침대에 누워 생각했다. 물이 빠지더라도 시간이 걸릴 것이 분명했다. 그동안 침대에서 가만히 기다릴 참이었다. 누구도 이곳에 오지 못하고, 누구도 이곳에서 나가지 못한다. 눅눅한 침대 위에서 그녀를 끌어안았다. 그녀가 입고 있는 옷이 습기를 머금고 내 살에 달라붙었다. 이불에 살을 닦아도 눅눅한 이불은 살을 더 축축하게 만들었다. 하지만 그녀의 살은 지금 세상 어느 것보다 건조했다. 평생 받은 햇빛으로 자신을 건조시키는 듯, 스스로 미라가 된 듯. 만지면 부서질 듯이 건조했다. 또한 내 품 안에 들어온 그녀의 몸은 유연했다. 힘이 빠진 느낌으로는 부족할 만큼 뼈와 근육이 사라진 듯이 유연했다. 잘 접는다면 손안에 들어올 것 같았다. 그녀의 턱을 제외하고는 말이다. 그녀의 턱 근육은 눈으로 보기에도 힘이 들어가 있었다. 귀부터 이어진 근육은 두 갈래로 나누어져서 안 그래도 살집 없는 얼굴 위로 솟아있었다. 손가락으로 만지자 단단함이 느껴졌다. 이가 강하게 맞물려 깨지는 소리가 빗소리에 섞여 들렸다. 정확히 들리지는 않지만 치아와 치아가 아닌 다른 무언가가 부딪히는 소리가 들렸던 것 같았다. 그녀의 입술을 들춰보자 윗니가 아랫니를 덮고 있었고, 깨진 치아 조각들이 잇몸 사이에서 보였다. 대부분 가루로 되어 안쪽 입술에 침과 함께 섞여 있었고, 작은 조각들은 잇몸 사이에 끼어있었다. 입안에 내용물을 확인하기 위해서는 앞니를 모조리 깨버리고 싶었다. 아무리 힘을 써도 그녀의 입을 열기란 쉽지 않았다. 손에 난 땀은 얼굴을 잡으면 미끄러졌다. 손아귀로 양쪽 볼을 잡고 밀어냈다. 어금니 사이 공간으로 손가락을 넣고 힘껏 밀어 넣었다. 그녀는 그럴수록 이를 세게 물었고, 치아에 베인 볼 안쪽 상처에서 피가 새어 나왔다. 앞니들은 갈려 나가며 소름 끼치는 소리를 내었다.

한참을 그녀의 입과 씨름을 벌이다 앞니가 먼저 깨져버렸다. 사이좋게 윗니 아랫니 두 개씩 깨져서 아무리 입을 닫아도 공간은 넓었다. 나는 휴대폰 손전등으로 깨진 치아 사이를 비추어 보았다. 어둡지만 혀의 위치가 보였고, 반짝이는 무언가를 보았다. 열쇠였다. 그녀는 열쇠를 입에 넣고 열어주지 않았다. 열쇠가 무엇을 열 수 있는지 알고 있었다. 작은방. 그 방 말고는 다른 방이 잠겨있지도, 그녀가 자물쇠를 사용하여 잠그지도 않았다. 해봐야 집에 있는 열쇠는 자동차 키밖에 없었다. 아마도 하나 더 있었다. 꿈속에서 본 그 방은 아직 내 집에 있었고, 단단히 잠겨 있었다.

앞니가 깨진 공간은 넓지만 손가락 하나 들어가지 않았다. 나는 그녀를 뒤집어서 흔들었다. 어릴 적 돼지 저금통을 깨지 않고 동전을 꺼내듯이 그녀를 들어 흔들었다. 열쇠는 치아와 부딪히며 동전이 부딪히는 소리와 비슷한 소리를 냈다. 그녀는 저금통처럼 흔들렸고, 동전처럼 열쇠를 토해냈다. 쇠로 된 작은 열쇠.

방문 앞에 서서 침 범벅이 된 열쇠로 작은방 열쇠고리에 맞춰 넣었다. 문은 습기를 잔뜩 머금고 있었다. 잠긴 문을 열더라도 문을 밀어 열 수 있을지 몰랐다. 열쇠는 침과 함께 고리를 미끄러지며 들어갔다. 열쇠를 오른쪽으로 돌리자 철컥하는 소리와 함께 문이 열렸다. 잠금장치가 열리며 내는 진동이 열쇠를 통해 손으로 느껴졌다.

나는 조심스럽게 문을 열었다. 예상과 다르게 문은 쉽게 열렸다. 문이 열리며 쩍 갈라지는 소리가 나긴 했지만 문은 열렸다. 5평 정도 되는 방 안에는 학교에서 볼 법한 작은 책상과 의자가 놓여있었다. 그리고 주변에는 작은 공책들이 쌓여 헌책방 같은 분위기를 냈다. 방에는 따로 창문이 없었기에 바닥 장판은 축축했다. 천장에서 물이 새면서 고인 얕은 물은 문지방을 넘자 발바닥을 적셨다. 물로 인해 쌓여있는 공책들에서도 냄새가 났다.

공책들은 언뜻 보기에는 무작위로 모여있었다. 같은 디자인도 아니었고, 두께도 각각 달랐다. 그 공책들은 또한 쌓여있는 높이도 달랐다. 내 키만 한 높이도 있었지만 공책 한 권만이 고인 물에 푹 담가져 있기도 했다. 그녀는 이곳에서 공책에 무언가를 적었다.

나는 가장 상태가 좋은 공책을 골랐다. 천장에서 새는 물을 맞지 않은, 물에 잠기지 않은 공책을 중간에서 꺼냈다. 검은색 표지에 흰 글씨로 'note'라고 쓰인 공책을 들었다. 그리고 읽었다. 첫 번째 장에서 나는 무엇에 관한 글인지 단번에 알았다. 그것은 그녀의 일기이자 생각이었다. 다른 공책들도 비슷했다. 어느 일기는 날짜가 없기도 했고, 날씨만 적혀 있기도 했으며, 분량이 적기도, 많기도 했다. 자신에 대한 이야기도 있고, 나에 대한 이야기도 있었다. 일상적인 내용도 있었으며, 과거와 미래에 대한 내용도 있었다. 나는 일기를 읽어가며 생각했다. 이런 일기를 왜 숨기려 했는지. 왜 나에게 비밀로 해야만 했는지. 단순히 부끄러움 때문이라면 나에게 일기를 읽지 말라고 하면 됐을 텐데. 그녀는 일기를 쓰는 행위 자체를 숨겼다. 대단한 비밀이라는 듯이. 내가 알면 큰일이라도 난다는 듯이. 나는 아내가 잠들기 전 가장 최근에 쓴 일기를 찾기 시작했다. 그리고 가장 낮은 곳에서 일기를 찾았다. 물에 푹 젖은 공책을. 일기들은 물에 젖어 중간 잉크가 번진 부분이 많았다.

장마 43

# 빈집

현관에 신발을 둔 채로 가족은 사라졌다.

가족이 사라진 것을 알아차리는 데 이틀이 걸렸지만, 실종이 어느 시점부터인지 정확하게 알 수는 없었다. 나는 3일 전 월요일에 집을 들어왔다. 새벽 4시가 넘어서 집에 들어오자 집의 모든 불은 당연히 꺼져있었고, 안방과 누나의 방은 닫혀있었다. 문틈 사이로 작은 빛조차 새어 나오지 않았다. 가족은 자고 있었다. 아니 그것은 내 착각이었다. 간단하게 샤워를 하고 방 침대에 누웠다. 오랜만에 누워본 침대는 생각보다 단단했고, 베개의 높이는 불편했다. 높아서 불편한 것인지 낮아서 불편한 것인지 알 수 없었다. 베개가 바뀌었나? 계절이 바뀌며 엄마가 베개를 바꾼 듯했지만 불이 꺼진 방 안에서 어느 것도 확인할 수 없었다. 불을 켜서 확인할 수도 있었겠지만 나는 굳이 그러지 않았다. 불편한 상태로 잠이 들 수 있는지 불안했다.

걱정과 다르게 늦은 새벽이라 잠이 금세 들었다. 베개도 주인을 찾은 듯이 머리 모양대로 솜의 위치를 바쁘게 바꿨다.

아침에 일어나자 창문으로 새벽에 보지 못한 방 안이 보였다. 아침이라기보단 점심에 가까운 시간이었다. 방은 마지막 기억과 다르게 정돈된 모습이었다. 옷들은 정갈하게 개어져서 종류별로 쌓여 있었다. 아래서부터 차곡차곡 쌓인 옷들 중 나는 제일 아랫부분에 있는 옷 두 벌을 빼냈다. 위에 있던 옷들이 무너지며 쓰러졌다. 달리 정리하지 않았다.

옷을 입고 거실로 나오자 내가 어제 벗어둔 옷이 화장실 앞에 그대로 남겨져 있었다. 옷들을 발로 밀어 빨래통에 넣고 닫혀있는 안방과 누나 방을 확인했다. 가만히 숨을 죽여 누가 집에 있는지 확인했다. 아무 소리도 들리지 않았다. 집에 누가 없는 것을 확인하고 이어폰을 끼지 않고 휴대폰으로 영상을 틀었다.

인덕션 위에 된장찌개가 든 냄비를 데우기 위해 전원을 켰다. 된장찌개가 많이 남지 않아 찌개는 금방 끓어 야단스럽게 뚜껑을 들어 올렸다. 뚜껑을 열자 연기가 확 올라왔다. 연기는 냄새를 품고 있었고 나는 금세 냄새가 이상하다고 느꼈다. 다시 확인하기 위해 고개를 숙여 냄비 앞으로 가져다 댔다. 내가 맡은 냄새는 쉰내였다. 쉰 냄새가 한꺼번에 코로 들어오자 머리가 어지러웠다. 냄비를 통째로 들어 싱크대에 부었다. 싱크대에는 국그릇 두 개, 숟가락 두 개, 젓가락 한 쌍이 각자 조금씩 쉬기 전 된장찌개를 묻히고 있었다.

물로 배를 채우고 다시 방으로 향했다. 방 옆으로 난 현관문 앞에는 신발들이 코를 문 쪽을 향하며 정리되어 있었다. 내 신발만 다른 방향을 향한 채로. 신발은 생각보다 많았다. 엄마의 검은 나이키 운동화, 아빠의 구두, 누나의 부츠는 그곳에 있었다. 다들 출근할 때 신는 신발이지만 월요일 낮에 그 자리에 있었다. 출근을 하지 않았나 생각이 들었지만 가족들의 신발이 그것만 있는 것이 아니기에, 평소에 무슨 신발을 신는지 몰랐기에 대수롭지 않게 생각하고는 다시 침대에 누웠다. 침대는 어느 잠자리보다 편했다. 침대여서 편한 것이 아닌 내 침대여서 편했다. 집에 들어오지 않으면 매번 다른 잠자리에 누워야 했다. 어느 때는 이불도 없었다.

침대에 가만히 누워 그동안 거쳐온 잠자리들을 떠올렸다. 집으로 돌아오기까지의 잠자리들을.

6개월 전 4월에 나는 집을 나왔다. 가출은 아니었고, 독립한 것도 아니었다. 그것은 말 그대로 집을 나온 것이었다. 외출과 다르지 않았다. 긴 외출일 뿐이었다. 집을 나온 후 친구 자취방으로 가서 눌러앉았다. 눌러앉을 생각은 없었다. 하루 자고 갈 생각이었다. 나는 그날 엄마에게 보낸 문자를 기억한다.

[엄마 자고 갈게]

새벽 4시에 보낸 문자에 엄마는 답장하지 않았다. 그 위에도 같은 내용의 문자들이 한가득했다. 같은 말을 똑같이 복사·붙여넣기 하고 있었다. 엄마는 굳이 답장하지 않았다. 자고 있는 중이라 답장하지 못했고, 엄마가 깨어있는 시간이면 내가 자고 있는 중이라 답장하지 않았다. 그렇게 하룻밤의 외박은 이틀이 되고 일주일이 되었다. 시간이 지나며 문자를 따로 보내지 않았다. 굳이 보낼 이유를 찾지 못했고, 아침이 되어 생각이 나더라도 벌써 하루가 지났는데 문자를 보내야 할 이유를 찾지 못했다. 엄마는 매번 문자를 확인했고 집에 들어오지 않는 것에 뭐라 하지 않았다. 내가 문자를 보내지 않아도 저번에 보낸, 확인하지 못한 문자를 보고 자고 온다고 짐작했을 것이다. 아니면 미리 문자를 보내는 방법도 생각했다. 문자 한 번에 하루씩.

침대에 누워 몇 시간을 잤는지 일어나 보니 방 안이 어두웠다. 가족들이 퇴근할 시간이 다가왔다. 나는 오랜만에 만나는 가족들을 위해 샤워를 하고 머리를 말렸다. 7시가 되고 나는 저녁을 먼저 먹었다. 기억으로는 6시면 모두 퇴근하는 시간이었지만 오늘따라 늦게 오는 것이라 생각했다. 먼저 밥을 먹고 남은 설거지를 모두 해치웠다. 마지막 남은 가족들의 밥그릇까지 씻어두었다. 8시가 되어도 가족들은 집으로 돌아오지 않았다. 9시가 되어도 돌아오지 않았다. 10시가 되어도 돌아오지 않았다. 11시가 되어도 돌아오지 않았다. 12시가 되어도 돌아오지 않았다. 하루가 지나도 돌아오지 않았다.

나는 슬슬 걱정되기 시작했다. 무슨 일이 있길래 돌아오지 않는 것인지 불안했다. 집을 들어오지 않을 이유들을 찾았다. 가족 전체가 집을 비우는 이유에 대해서. 장례식을 갔을 수도 있고, 여행을 갔을 수도 있다. 차를 타고 가다가 사고를 당했거나, 비행기를 타고 가다 사고를 당했을 수도 있다. 배를 탔을 수도 있다. 아니면 각자 타고 오던 퇴근 버스와 지하철이 사고가 났을 수 있었다. 나는 연락을 해볼까 휴대폰을 켰지만 내일 올 수도 있다는 생각에 그만두었다. 칫솔 4개는 모두 화장실에 걸려있었다. 물때가 낀 거치대가 거울에 간신히 붙어있었고 수건도 모두 채워져 있었다. 나는 다시 이유를 생각했다.

우리 가족은 사이가 안 좋지 않았다. 아니 좋았다. 1년에 3번 정도 여행을 갔고, 각자의 생일날에는 집에서 모여 초를 불었다. 그리고 이런 행사들이 끊긴 것은 내가 20살이 되면서였다. 성인이 되면서 학교 근처에서 자취를 시작했다. 가족과 떨어져 산다는 것이 섭섭하기도 했지만 그 마음은 하루가 채 가지 않았다. 가족들이 내 생활에 불만을 가진 적은 없었지만 혼자만의 자유는 그 이상의 것이었다. 누군가의 눈치도 보지 않아도 좋았고, 내가 하는 일을 아무도 모른다는 것이 마음에 들었다. 딱히 나쁜 짓을 하는 것은 아니었지만 늦은 새벽 조심스럽게 집에 들어가지 않아도 괜찮았다. 이어폰을 끼고 영상을 보지 않아도 괜찮았다. 옷 정리를 하지 않아도 괜찮았다. 간혹 엄마가 주말에 집에 들어오냐고 물었지만 나는 학교생활이 바쁘다는 이유로 집에 가지 않았다. 매년 생일을 챙기던 가족 행사가 나 없이도 진행되는지 몰랐고, 가족들이 나 없이 여행을 가는지도 몰랐다. 학교를 휴학하고 나서도 집에 있던 날이 많지 않았다. 매일 낮에 나와 새벽 늦게 집에 들어갔다. 방문은 모두 닫혀있었고 나는 조심스럽게 현관문을 닫고 방으로 들어갔다. 조용한 집 안에서 방에 혼자 있어도 자취할 때의 느낌은 오지 않았다. 가족의 존재는 가까이에서 느껴졌다. 가족들이 어색하지는 않았지만 오랜만에 만나 무슨 말을 먼저 꺼내야 할지 몰랐다. 그래서 나는 방으로 조용히 들어가 조용히 자고 낮에 일어났다. 가족 중 누군가 내 방에 들어오는 일도 없었고 방문을 잠그고 자서 더욱 그럴 일은 없었다.

아빠는 내가 아직도 자취를 하고 있다고 착각하면서 현관에 있는 내 신발을 보고 매일 아침 의아해했을 것이다. 그래서 나는 아빠의 의문을 풀어주기 위해 집 근처에 자취방을 얻은 친구의 집에서 지냈다. 창문만 열면 우리 아파트가 보이는 그 집에서 꽤 오래 지내며 집 근처로도 걷지 않았다. 아파트를 가로질러야 하면 돌아서 갔다. 가족을 마주칠까 봐 그랬다. 나는 아파트를 돌아가며 왜 가족을 피하고 있는지 생각했다. 나는 왜 가족을 피하는 것일까, 가족들이 나를 혼내지도 않았고, 나는 혼나 본 적도 없는데, 무엇이 무서워 가족을 피하는 것일까.

나는 내가 하는 일을 먼저 떠올렸다. 나는 영화를 좋아했고, 괜찮은 학교에 들어갔다. 가족들은 내가 이미 영화감독이 된 것처럼 나를 이야기했고, 나도 처음에는 그런 반응들에 기분이 좋았다. 하지만 대학 생활은 내가 생각한 영화와는 거리가 멀었다. 영화 현장에서 일하면서 어깨 너머로 영화를 배운 감독들을 생각했지만 현장은 나를 그저 짐을 옮기는 사람으로 만들었다. 어깨너머로는 무거운 짐들만 보였다. 무거운 촬영 장비를 엘리베이터도 없는 4층 빌라로 올렸고, 큰 가구들을 사다리차도 없이 올렸다. 촬영이 시작되면 내가 할 일은 가만히 기다리든가 필요한 장비들 혹은 소품들을 상처 많은 상자들에서 가져올 뿐이었다. 밤을 새워 가며 찍으면서 나는 내가 찍고 있는 영화의 내용도 알 수 없었다. 같은 장면을 여러 번 찍으면서 다음 컷과 흐름을 맞추면서 그다음 컷은 다음 날 찍었다. 클로즈업 샷을 찍으면 그 앵글만을 제외하고 어수선한 현장을 보며 나는 내가 보던 영화가 이런 식으로 만들어지는 것이 거짓스럽다고 느꼈다. 모든 영화가 거짓말을 찍어낸 영상이지만 내가 느낀 것은 그 거짓 너머의 더 큰 거짓말이었다. 나는 영화의 알몸을 보았다. 영화가 완성되고 편집되어 스태프 단톡방에 영화 링크가 보내져 와도 나는 영화를 보지 않았다. 내가 현장에 있던 영화는 볼 수 없었다. 영화를 틀면 얼굴이 뜨거워졌다. 그래서 5초씩 건너뛰며 간신히 크레딧에 내 이름이 있는 것을 확인하고 가족들에게 보내주었다. 이번에 참여한 작품이라며 간단하게 설명하고 링크만 보냈다. 그리고 가족 단톡방에 알림을 꺼두었다. 그 링크 전송도 얼마 못 갔다.

　나는 영화를 찍지 않았다. 시나리오를 써두어도 한글 파일 자체로 남아있었으면 했다. 영화로 찍게 된다면 같은 거짓말을 해야 할지 몰랐다. 나는 그러지 않겠다고 다짐해도 어찌할 도리가 없었다. 모든 영화가 그렇게 찍히게 될 운명이었다.

이런 이유로 나는 가족을 피해왔다. 찍은 영화를 보여달라며 재촉할까 봐. 아니면 언제 영화를 찍을 거냐며 물어올까 봐. 스태프로 참여한 영화에서 어떤 역할을 하고 어떤 일을 했는지 물어올까 봐.

"엄마, 아빠, 누나. 나 이번 영화에서 밀대로 빗물을 밀고, 비 맞으면서 빗물을 닦아냈어요. 또 길을 막는다고 지나가는 행인에게 욕을 먹었어요."라고 말하기가 부끄러웠다. 가족들은 내가 하는 일을 항상 응원하고 지원해 줬다. 누나는 좋은 꿈을 꾸면 자신도 하는 일이 있으면서 그 꿈을 나에게 팔아주었다. 엄마와 아빠도 복권 1등이 될지 모르는 꿈을 나에게 팔아주었다. 나는 그 꿈들을 개꿈으로 만들어버렸다. 그래서 부끄러웠다.

내가 생각해도 배부른 소리지만 내가 그렇게 느끼고 내 몸이 그렇게 반응하는 것까지는 막을 수 없었다. 나는 집에 들어가지 않았다. 밖에서 내 이야기를 궁금해하지 않는 사람들과 지내는 것이 편했다. 그들 앞에서는 누구든 될 수 있었다. 나는 배우가 됐고, 철학과 학생이 되었고, 운동선수가 되었고, 계란말이를 못 하지만 스크램블을 잘하는 사람이 되었고, 더위를 추위보다 좋아하는 사람이 되어있었다.

집으로 돌아온 지 3일째 되던 날까지 가족은 들어오지 않았다. 나는 현관에서 괜히 신발 정리를 해보고 남아있는 빨래를 했다. 방에 정리된 옷을 다 꺼내서 다시 접어 넣어두고, 청소기를 돌리고 걸레질을 했다. 나는 가족을 찾아야 한다고 알고 있었다. 드라마처럼 형제자매가 부모의 재산을 가로챈 것도 아니었고, 부모가 자식에게 몹쓸 짓을 한 것도 아니었기 때문이다. 나는 가족을 찾아야 했다. 하지만 어디서부터 찾아야 할지 방향을 잡을 수 없었다.

나는 엄마가 좋아하는 음식도 모르고, 색도 모르고, 노래도, 나이도 몰랐다. 아빠가 좋아하는 술도, 장소도, 매번 바뀌는 음력 생일도 몰랐다. 누나의 남자친구도, 다니는 회사도, 좋아하는 영화도 몰랐다. 가족들에 대해서 아는 것이 별로 없었다. 대신 전화번호는 알았다. 엄마에게 자고 간다는 문자를 남긴 번호는 알았다. 전화 말고 문자를 남겼다. 자고 간다는 문자가 수도 없이 많은 문자 메시지 창에 다른 내용의 문자를 남겼다.

[엄마 언제 와?]

오후쯤 남긴 문자는 저녁이 되어도 돌아오지 않았다. 오늘도 돌아오지 않는 것인지 문자에 답이 없었다. 나는 가족 단톡방에 들어가 보았다. 한참을 밑으로 내려 찾은 톡방은 마지막 메시지가 1년 전으로 나와있었다. 내가 보낸 마지막 링크가 삭제된 채로. 프로필도 뜨지 않았다.

[삭제된 메시지입니다.]


(알 수 없음)이 방에서 나갔습니다.
(알 수 없음)이 방에서 나갔습니다.
(알 수 없음)이 방에서 나갔습니다.


다시 초대


엄마에게 전화를 걸어보자 없는 번호라는 수신음이 들려왔다. 아빠에게 전화를 걸어도 같았고, 누나도 그랬다. 단체로 휴대폰과 번호를 바꿨다. 시기는 다를지 모르지만 번호가 바뀌었다. 나만 모르는 몰래카메라를 하는 듯했다. 아니라면 이럴 수 없었다. 번호도 바꾸면서 속일 거라면 이사도 하지. 전화를 걸던 휴대폰으로 인터넷에 들어가 일가족 실종이라는 검색어를 포털사이트에 검색했다. 많은 기사가 있었다. 어느 가족은 생활고로 단체로 사라졌다. 빚쟁이를 피해 산으로 또는 바다로 도망갔다. 어느 가족은 바닷가 근처 모텔에서 동반 자살을 하기도 했다. 그들은 모두 이유가 있었다. 돈이 문제였고, 사는 것이 팍팍해서 도망갔다. 우리 가족은 이유가 없었다. 그리고 일가족 실종이 아닌 아들을 두고 간 가족이다. 나는 검색어를 다시 아들만 두고 일가족 실종이라고 검색했다. 아까와 같은 기사들이 보였다. 다른 기사는 아들이 일가족을 살해했다는 기사였다. 나와는 전혀 상관없는 기사였다. 나는 그 기사들 밑에서 아들만 살아남은 교통사고를 보았다. 고속도로에서 휴가를 즐기러 가던 일가 족이 연쇄 추돌 사고로 아들만 남겨둔 채 사망했다는 기사였다. 모든 정황상 사고가 가장 말이 되었다. 상상하기도 싫었지만 그게 말이 되었다. 전화번호가 바뀌어 나에게 연락이 오지 않았을 것이다. 하지만 어떤 경로로든 나에게 연락이 왔을 터인데. 아무 연락이 없는 것은 말이 되지 않았다. 나는 답답한 머리 난 식힐 겸 근처 호프집으로 맥주를 마시러 나갔다. 집에 있어 봐야 해결될 게 없었다.

창민이와 500cc 맥주 두 잔과 닭똥집을 시키고 먹었다. 창민이는 오래된 친구로 그의 엄마는 우리 엄마와 친분이 있었다. 같은 산후조리원에서 만났고, 우연히 같은 아파트에 살고 있었다. 창민이와 나는 기억하지 못하는 시절을 같이 보냈으며 고등학교에 와서 다시 만났다. 나는 창민이에게 우리 엄마에 대해 이야기 들은 것이 없냐며 물었다. 창민은 집이 이사를 간 후부터 우리 엄마를 만났다는 이야기를 못 들었다고, 무슨 일 있냐며 물어왔다. 나는 사실대로 말해주었다. 가족이 사라졌다고. 며칠째 집에 들어오지 않았고, 여행을 가려 짐을 싼 흔적도 없다고, 심지어 전화번호도 모두 바뀌어 버렸다고 말이다. 창민은 네가 집을 쳐 안 들어가니 혼내려고 하는 것이 아니냐며 나를 혼냈다. 가능성 있는 말이었다. 나는 슬슬 불안해져 갔다. 내가 잘못한 것이 무엇인지 알 것 같았다. 반찬투정을 하는 아이를 며칠 굶기는 것만큼 효과적이었다. 제발 돌아와 달라고 빌고 싶었다. 집에만 돌아온다면. 마시던 맥주는 미지근해지고 술이 먹고 싶지 않았다. 맥주의 탄산이 속을 더부룩하게 만들었다.

집으로 돌아가는 길에 나는 우리 집 층이 불이 켜져 있는지 확인했다. 바로 위층과 아래층 불만 켜져 있고 우리 집만 꺼져있었다. 맨 꼭대기 층부터 세지 않아도 우리 집이 어딘지 알 수 있었다. 엘리베이터를 기다리며 옆에 붙은 거울을 보았다. 맥주를 얼마 마시지 않았지만 얼굴이 빨갛게 달아올라 있었다. 그 밑에는 싱크대 공사를 한다며 주민들의 동의를 받는 서명서가 붙어있었다. 1501호만 서명이 없었다. 우리 집이었다. 나는 서명서 옆에 고무줄로 매달린 볼펜으로 서명을 했다. 엘리베이터가 도착하고 15층을 누르고 닫힘 버튼을 누르지 않았다. 누군가 들어올 것 같은 예감이 들었다. 우리 가족 아니면 밑에 집 할머니가 기다려 달라며 급하게 달려오는 것을 상상했다.

집으로 돌아와 냉장고를 열어 남아있는 시원한 맥주 한 캔을 꺼냈다. 안주 삼을 거리를 찾으며 냉장고를 뒤지다 락앤락 통에 담긴 생크림 케이크 한 덩이를 보았다. 누구 생일이었지? 내 생일은 아니었고 가족 중 한 사람의 생일이었을 텐데 누군지 기억나지 않았다. 부엌에 있는 달력에도 아무런 표시가 없었다. 나는 1월로 달력을 넘겼다. 몇 달이 지나갔지만 누군가의 생일은 표시되어 있지 않았다. 나는 락앤락 통을 열어 냄새를 맡아보았다. 시큼한 냄새가 나는 듯하기도 했고, 단내가 나기도 했다. 먹어도 될지 몰랐지만 냉장고 속 안주가 생크림 케이크밖에 없었기에 그냥 먹기로 했다. 숟가락을 한 덩어리를 떠 입에 넣자 단단한 생크림이 입 안에서 바삭하게 씹혔다. 신맛과 단맛이 같이 났다. 단맛이 더 강했기에 나는 신맛을 느끼기 전 맥주 한 모금에 신맛을 넘겼다. 맥주 한 캔을 다 마시자 케이크가 남았다. 나는 남은 케이크와 마실 맥주를 사기 위해 밖으로 나갔다.

　바깥바람은 시원했다. 여름에서 가을로 넘어가며 짧아진 해는 공기를 차갑게 식혔다. 입안에 따뜻한 공기를 모아 뱉었다. 입김이 나오다 말았다. 편의점으로 걸어가며 입김을 다시 모아 뱉어보았지만, 입김은 나오지 않았다. 편의점 문을 열자 나보다 키가 작은 여자가 맥주를 고르고 있었다. 나도 여자의 등 너머로 맥주를 골랐다. 흑맥주가 마시고 싶었다. 딱 한 캔만 있으면 됐다. 나는 여자가 맥주를 고르고 나가기를 기다렸다. 등 뒤에서 기다리며 보이는 여자의 정수리는 피딱지가 앉아있었다. 손톱으로 정수리를 뜯고 딱지가 앉으면 다시 뜯은 흔적이 보였다. 피딱지가 마를 날이 없었다. 누나도 같은 습관이 있었다. 정수리 근처 머리를 뜯던 작은 습관은 점차 정수리 숱을 줄였다. 그리고 더 이상 뜯을 머리가 없어지자 두피를 뜯었다. 손톱으로 깊게 찔러 넣어 뜯으면서 누나는 정수리의 쓰라림보다 편안함을 느꼈다. 나는 누나가 아닐까 생각이 들었다. 누나와 같은 습관을 갖고 있는 사람이 몇이나 될까. 나는 그 습관을 갖고 있는 사람을 만나본 적이 없었다. 그것은 누나임을 알려주는 습관이었다. 누나만이 가질 수 있는 피딱지 앉은 정수리였다. 나는 아까 먹은 케이크가 속에서 올라오는 것을 느꼈다. 속이 울렁거려 가만히 서 있을 수 없었다. 여자의 얼굴이 궁금하지만 기다릴 수 없었다. 나는 입을 막고 밖으로 뛰쳐나왔다. 속을 비워내자 생크림이 섞인 휘핑 토가 나왔다. 급하게 허리를 숙이는 바람에 토가 코로도 올라왔다. 케이크가 너무 오래됐다.

집으로 가서 양치를 하고 세수를 했지만 코에 남아있는 냄새까지 지워지지 않았다. 숨을 쉴 때마다 또 냄새가 올라왔다. 냄새를 맡으면 다시 속이 울렁거렸다. 코에 남은 냄새가 사라지지 않는다면 냄새를 맡고 토하고, 다시 그 토 냄새를 맡고 토하고, 다시 그 토 냄새를 맡고 토하고 냄새를 맡고 토하고 또 내가 한 토 냄새를 맡고 토하고……………………. 그러다 죽을 것 같았다. 영원한 토.

나는 일단 다음에 나올 토를 참았다. 손으로 입을 틀어막고 최대한 참았다. 나오면 다시 삼켰다. 쓰라린 위액이 식도를 타며 태웠다. 목이 아프고 속이 쓰렸다. 침을 뱉자 피가 섞여 나왔다. 피가 섞인 가래가 변기통 위에 떠 있었다. 딱지처럼 앉아있는 피 섞인 가래를 보자 속이 다시 울렁거렸다. 그 여자는 누나가 맞았을까. 뒤를 돌아봤다면 내가 알아볼 수 있을까. 누나였다면 왜 집에 들어오지 않는지, 엄마와 아빠도 어디 있는지 물었을 텐데. 상한 케이크가 망쳐버렸다.

나는 그 일 이후에 어디를 가든지 가족들의 얼굴을 찾았다. 마트에서 장을 보는 사람들의 얼굴에서, 산책을 하는 사람들의 얼굴에서, 분리수거를 하는 사람들에게서, 버스를 기다리는 사람들에게서. 그들을 보고 가족이 아님을 확인하며 돌아섰다. 나는 점차 내가 기억하는 가족들의 얼굴이 정확한지 헷갈리기 시작했다. 혹시나 내 옆을 지나간 것을 내가 알아보지 못했지 않았을까. 가족의 얼굴은 내 기억 속에서 섞여 새로운 사람들로 태어나고 있었다. 그것은 가족들도 마찬가지였다. 나와 비슷한 또래의 남자애들에게서 내 얼굴을 보았을 것이고, 많은 남자애들이 눈앞에 지나가며 서서히 내 얼굴을 잊었다. 그리고 내가 바로 앞에 서 있어도 기억 속에서 흐릿해진 나를 알아보지 못한다. 그저 아들, 동생과 비슷한 아이가 있구나 하며, 엄마와 아빠와 누나 같은 사람이 지나갔구나 하며 서로를 지나친다.

케이크를 토한 시간에 맞춰 편의점을 갔다. 그날 맥주를 고르던 여자를 다시 볼 수 있지 않을까 했다. 정수리에 딱지가 앉은 여자는 내가 편의점을 가기 시작한 지 3일 후에 나타났다. 그때처럼 맥주를 고르는 여자는 아무런 맥주도 고르지 못한 채 서 있었다. 나도 맥주를 고르며 진열대 유리에 비친 여자의 얼굴에 집중했다. 확신할 수는 없었지만 누나가 아니었다. 집에서 찾아본 누나의 사진들은 모두 어린 시절의 모습이었지만 모두 나와 닮아있었다. 가족이니 당연했다. 그렇지만 내 앞에 서 있는 여자의 얼굴은 나와 달랐다. 남들이 보면 닮았다고 했을지도 모르는 얼굴이지만 나는 느낄 수 있었다. 그녀는 누나가 아니라는 것을. 편의점에 다른 손님들도 엄마와 아빠가 될 수 없다는 것을 느꼈다. 그들은 나와 비슷하게 생겼으면서 다르게 생겼다. 닮았으면서 닮지 않았다.

습관적으로 집으로 돌아가며 주변을 둘러보았다. 태어나서 지금까지 살아온 아파트 단지는 바뀐 게 많았지만 알아차릴 수 없었다. 매일 보는 가족들이 늙고 있음을 모를 것처럼. 나는 가족이 처음 사라진 날을 기억했다. 어릴 적 눈이 많이 내린 겨울날 주말 아침에 가족과 눈사람을 만들기 위해 공원으로 나왔다. 집 바로 앞에 있는 공원에는 사람이 많지 않았다. 이미 다른 가족들이 나와서 만들어 둔 눈사람이 시소와 그네 위에 있었다. 우리 가족이 가장 늦었는지 바닥에는 흙이 더 많았다. 나는 눈사람을 만든다고 공원에서 멀리 떨어진 곳까지 나갔다. 누군가의 발자국이 남지 않은 눈으로 나는 큰 눈덩이를 만들었다. 시간이 가는 줄 모르고 몸만 한 눈덩이를 만들자 가족이 보이지 않았다. 고작 아파트 단지 안이었지만 어린 나에게는 커 보였다. 넓지 않은 단지 안을 걸어도 걸어도 집을 찾을 수 없었다. 살고 있는 동도 몰랐고 아파트 벽면에 쓰인 동수를 읽으려 고개를 들어도 내리기 시작한 눈이 앞을 가렸다. 울면서 가족을 찾았다. 누군가 들어주겠거니 크게 울었지만 아무도 오지 않았고, 나는 더 크게 울었다. 울음을 듣고 처음 찾아온 사람은 가족이 아닌 같은 동에 사는 아줌마였다. 아줌마는 귀가 빨개진 나를 집으로 데려갔다. 집 안에는 누나만 남아 밀린 일기를 쓰고 있었다. 누나는 집으로 돌아온 나를 보고 창문을 열어 소리 질러 엄마와 아빠를 불렀다. 나를 찾고 있던 엄마와 아빠는 집으로 들어와 몸을 씻겼다. 손이 꽝꽝 얼어서 샤워기 물이 손에 닿으면 뜨거웠고, 몸에 닿으면 차가웠다. 아빠는 내 손과 발을 꽉 쥐며 녹여주었다.

샤워를 마치고 안방 침대에 누워 가족과 낮잠을 잤다. 집에 돌아온 것이 다행이었다. 아직 덜 녹은 손과 발이 간지러워 이불에 비볐다. 아빠는 아직 잠들지 않은 나에게 말했다. 엄마와 아빠의 손을 놓치거나, 길을 잃는다면 그 자리에 서서 기다리라고. 찾으려 하지 말고 그 자리에 서서 누군가 올 때까지 기다리라고 했다. 지금은 이해하지 못하겠지만 나중에 어른이 되어서 길을 잃어도 움직이지 말라고.

나는 아빠가 이야기해 준 대로 집에서 움직이지 않기로 했다. 지금을 위해서 아빠가 해준 말이었다고 생각했다. 그때는 이해하지 못했지만 아빠는 이런 일이 일어날 것을 알고 있던 것처럼 말해주었다.

가족이 집에 들어오지 않은 지 한 달째 되던 날, 나는 모든 생활에 적응했다. 자취를 하다 오니 집안일은 어렵지 않았다. 자취하는 것과 비슷했다. 혼자 밥을 먹고, 혼자 설거지를 하고, 혼자 빨래를 하고, 혼자 잠이 들었다. 혼자 사니 집안일도 많지 않았다. 언젠가 돌아올 가족을 기다리며 매일 신발장을 정리했다. 날씨가 추워지며 신발을 두고 간 가족의 시린 발을 생각하기도 했다. 돌아오면 미지근한 물로 시린 발을 녹여주겠다고 생각했다. 고민하던 관리비도 자동이체로 나가는지 전기와 물은 끊기지 않았다. 그것은 가족들이 어딘가로 떠나지 않았음을 의미했다. 그리고 설거지를 하면서 듣던 노래가 1분 미리 듣기로 바뀌기도 했다. 같은 아이디를 쓰는 가족 중 누군가 노래를 듣고 있었다. 최근 들은 노래 목록에는 엄마가 좋아하던 트로트 몇 곡이 내가 듣는 노래 사이에 조용히 섞여 있었다.

심심하면 영화를 봤다. 예전 같으면 방에서 혼자 노트북으로 보던 영화를 거실에서 TV로 보았다. TV 소리가 새어나갈까 걱정하지 않아도 되었다. 잔인한 거나 야한 장면이 나와도 눈치 보지 않아도 좋았다. 영화가 끝나고 감상을 묻는 가족의 질문도 없었다. "엄마 나도 영화를 이해하지 못했어요. 졸려서 잠깐 잠이 들기도 했어요."라고 솔직하게 답하지 않아도 괜찮았다. 영화를 보며 급하게 블로거들과 유튜버들의 해석을 찾아보지 않아도 되었다.

생활비를 벌기 위해 일도 시작했다. 촬영 알바가 몇 개 있었지만 가지 않았다. 집을 오래 비워둘 수 없었다. 내가 나간 사이 가족이 들어왔다 나가면 안 됐다. 그래서 가족들의 생활 패턴을 맞춰 일을 구했다. 중고등학교 때 다니던 학원들에서 조교로 일하며 가족들의 퇴근 시간에 맞춰 집에 돌아왔다. 오랜만에 본 선생님들은 가족들이 어떻게 지내냐며 안부를 물어왔다. 나는 그럴 때면 아무 일 없듯이 웃으며 잘 지낸다고 했다. 어떤 때는 거짓말을 덧붙여 누나는 어디로 여행을 갔으며, 엄마의 생신이라며 학원을 쉬어야 한다고 하기도 했다. 남들이 보기엔 가족여행도 다니는 것처럼 보였을 것이다. 그렇게 몇 달이 더 지나고 겨울방학이 찾아왔다. 학원 학생들은 방학을 핑계로 학원에 오지 않았다. 몇몇 학생들만 한 반도 채우지 못한 채 있었다.

그날은 나도 일찍 퇴근했다. 집으로 돌아오자 한기가 느껴졌다. 먼저 샤워를 하고 보일러를 틀어두었다. 화장실에서 나오니 바닥이 뜨거웠다. 아직 녹지 않은 발바닥이 급격한 온도 차이에 가려웠다. 간단하게 저녁을 시켜 먹고 남은 영양제들의 성분과 효능을 검색해 보며 괜찮은 약들을 한 뭉치 삼켰다. 약이 많았는지 위까지 내려가지 않고 목에 걸린 듯했다. 숨이 잘 쉬어지지도 않았다. 명치에 꽉 막힌 영양제들을 밀어내려 물을 더 마셨지만 약들 사이로 새어 나갔다. 방 침대에 걸터앉아 약들이 내려가는 것을 기다렸다. 머리가 어지러웠고 눕고 싶었지만 누울 수 없어 기다렸다. 보일러는 예약으로 돌아가지 않았고 방은 금세 더워졌다. 방바닥은 뜨거워 걸어 다닐 수도 없었다. 나는 침대가 젖을 만큼 땀을 흘렸고 뜨거운 방바닥을 걷지 못해 물을 마실 수 없었다. 입이 마르고 탈수 증세가 심해졌다. 기운이 없어지자 나는 기절하듯이 잠들었다.

다시 더위에 잠에서 깨어났다. 이불은 땀으로 젖어있었다. 보일러를 꺼야 했다. 물을 마셔야 했다. 발바닥으로 바닥 온도를 체크하고 까치발을 들고 방문 앞까지 걸어갔다. 그때 현관문 비밀번호를 누르는 소리가 들렸다. 비밀번호를 누르는 손은 거침이 없었다. 빠른 속도로 누르면서 실수가 없었다. 그리고 문이 열렸다. 누나가 아니면 화장실이 급한 엄마였다. 까치발을 들고 방문 앞에서 바깥 소리를 들었다. 누나가 들어오고 엄마가 들어왔다. 누나는 거실로 들어오더니 발이 뜨거운 듯 방으로 뛰어 들어갔다. 엄마는 보일러를 끄고 베란다 창문을 열었다. 지금이 몇 시인지 확인하고 싶었지만 어두운 방 안에서 휴대폰을 찾기 쉽지 않았다. 방문을 열어 거실 시계를 확인하거나, 누나나 엄마에게 물어도 됐지만 그 자리에 가만히 서 있었다. 방문 하나를 사이에 두고 몇 달간 사라진 가족들이 드디어 집에 들어왔지만 문을 열고 싶지 않았다. 그렇게 서 있는 동안 아빠도 들어왔다. 아빠는 습관처럼 들어오자마자 현관에 놓인 신발을 정리했다. 내 신발이 현관에 있었지만 아빠는 알아차리지 못한 듯 신발 정리를 마쳤다. 아니면 내가 집에 당연히 없다고 생각했든가. 엄마는 옷을 갈아입고 거실로 나와 TV를 보았다. 아빠도 그 옆에 앉아 엄마의 발을 마사지해 주든가 하며 같이 TV를 보고 있었다. 누나는 방에서 엄마와 아빠의 웃음소리를 듣고 나와 애매하게 서서 TV를 같이 보았다. 나는 보이지 않아도 알 수 있었다. 내 상상에 얼굴은 선명진 않아도 전체적인 상황은 선명했다. 엄마가 끈 보일러로 방바닥은 차가워졌고 나는 발바닥 전체를 바닥에 붙일 수 있었다. 갑작스러운 근육의 이완으로 쥐가 났지만 나는 소리 내지 않았다. 천천히 침대에 누워 목이 타는 듯한 갈증을 참았다. 문을 열고 나가서 뭐라고 말해야 할까. 궁금한 건 많지만 어디서부터 이야기해야 할까. 가족들은 왜 아무런 일도 없듯이 들어와 아무 일 없는 것처럼 행동하는 걸까. 벌써 계절이 바뀌었어요 엄마. 그동안 어디를 갔던 거야 아빠. 번호는 왜 바꾼 거야 누나. 내가 질문을 하면 가족들도 나에게 질문할 것이다. 같은 시간을 못 본 것은 가족들도 마찬가지였으니까. 뭐 하고 지냈니 아들. 어디서 지냈니 아들. 밥은 먹고 다니니 아들. 하는 일은 잘 돼가니 아들. 괜찮은 아이디어 있는데 동생. 요즘 찍은 건 없니 동생. 오늘은 집에 있니. 그 모든 질문에 침묵으로 답했다. 열지 않은 방문 뒤로 나는 가만히 가족들이 잠들기를 기다렸다. 물이라도 한 잔 받아둘걸.

# 얼굴 없는 여자

긴장하지 않는다는 것은 어렵지 않다. 침착함을 유지한다는 것은 어렵지 않다. 단지 눈앞에 벌어진 상황을 처리해야 한다는 점이 귀찮게 할 뿐이다.

차갑게 식은 눈이 나를 노려본다. 손에 들린 A4보다 큰 종이에 코팅된 사진 속 남자는 앞에 놓인 시체보다 생기가 있을 뿐 다른 점은 없다. 왼쪽 눈 위에 있는 점도 같은 위치에 그려져 있다. 오른쪽 눈 위에 있는 점처럼 보이는 것은 손으로 털면 지워질 먼지 또는 수박씨일 것이다. 그는 최근에 점을 그리거나 뺀 적이 없다. 사진 속 얼굴은 식별을 용이하게 하기 위해 그림자가 없다. 배경과 피사체를 합성한 듯한 이질감이 든다.

30평짜리 아파트 거실 소파에 앉아 앞에 쓰러진 그를 본다. 그의 눈에 비치던 공포와 분노의 빛은 점차 사라진다. 그가 가여워 보인다. 걸친 것이라곤 5만 원짜리 지폐가 여러 장 프린트된 팬티를 입고 있다. 소파에 있던 담요를 위에 덮어준다. 온몸을 가릴 만큼 큰 담요로 얼굴은 빼고 가린다. 그를 시체 취급하기 싫다거나 어떠한 동정심이 아니다. 얼굴을 확인해야 한다. 무엇이든 확실히 해야 탈이 없다. 다른 누군가 이러한 상황에 왔다면 동정심으로 인해 눈을 감게 해주고 얼굴을 덮어줄 것이다. 동정심이 아닌 죄책감으로 그럴 수 있다. 감정에 휘둘려 얼굴을 제대로 확인하지 않는다면 일은 어디선가 틀어져 되돌아온다.

내가 하는 일은 대부분 비밀리에 진행되지만, 직업의 존재는 누구든 알고 있다. 소설과 영화를 통해 접하기도 하고 실제로 겪기도 한다. 착하게 살았다면 겪지는 않겠지만 말이다. 나는 청부살인 업자이다. 하지만 단어의 어감이 마음에 들지 않아 나는 스스로를 '청소부'라고 칭한다.

처음 일을 하기 시작한 것은 3년 전, 20살 때였다. 사람을 죽이는 일과 접점은 없었다. 남들과 다를 바 없는 20살이었다. 할 일 없이 공원에 앉아 시간을 죽이던 나에게 한 친구가 다가왔다. 어디선가 본 듯한 익숙한 얼굴로 웃으며 내 이름을 말했다. 그가 누군지 알 수는 없었지만 그가 나를 알고 있는 것이 분명했다. 나는 일단은 웃으며 인사를 했다. 친구는 나에게 무엇을 하며 지내냐며 안부를 물었다. 그저 웃기만 할 뿐 정확하게 대답하지 않았다.

짧은 안부 인사로 통해 알아낸 것은 그가 초등학교 동창이라는 것과 나는 그를 기억하지 못한다는 것이었다. 그가 누구인지 알지 못한 채 그는 나에게 용건을 말했다.

"너 나랑 일 같이 안 할래? 수익도 괜찮고, 너한테 잘 어울릴 거야."

그가 나를 얼마나 아는지 모르지만 할 일 없이 집에 있는 것보단 괜찮아 보였다.

"좋지, 무슨 일인데?"
"청부살인이야."

잘못 들은 것이 아닌가 그를 쳐다보았다. 그는 내가 들은 것을 확인시켜 주는 듯이 눈을 천천히 깜빡거렸다.

"네가 생각하는 것만큼 큰일도 아니고 어려운 일도 아니야."

그가 말한 '청부살인'이라는 단어에 놀라긴 했지만 금세 생각이 차분해졌다. 그래, 그런 일도 누군가는 해야 할 일이다. 거리의 쓰레기를 치우는 청소부처럼 그것도 누군가가 치워야 한다. 그렇지만 그 일을 내가 굳이 해야 하나?

"나한테 추천해 주는 이유가 뭐야? 아까 나한테 어울릴 만한 일이라고 했잖아."

그는 잠시 생각에 잠긴 듯 공원 놀이터에서 노는 아이들을 보았다.

"초등학생 때 크게 다쳤던 거 기억나?"

기억을 거슬러 초등학교 때 다쳤던 일들을 찾아보았다. 어린아이에게 다친다는 일은 너무나 흔했다. 도저히 찾을 수 없었다. 다음으로 몸에 남아있는 흉터를 생각했다. 크게 다쳤다면 흉터가 남았을 터였다. 발목부터 위로 올라오며 관절을 하나씩 움직여봤다. 무릎을 지나 어깨와 날개뼈 그리고 쇄골에서 둔탁한 걸림이 느껴졌다.

"너 초등학교 체육시간에 철봉에 거꾸로 매달린다면서 발등으로 버티다가 떨어졌잖아. 쇄골이랑 어깨뼈가 부서지고 날개뼈가 으스러졌지. 뼈가 조각나서 팔은 바람이 불면 흔들렸어. 모두가 놀라 너에게 다가갔지만 너는 아파하는 기색 없이 스스로 일어나 구급차를 불렀어. 그때 휴대폰이 없어서 학교 중앙 계단 옆에 있는 공중전화로 걸었을 거야. 119를 누르려 했지만 팔을 움직일 수 있는 뼈가 모조리 부서져서 손끝에 힘이 실리지 않았지. 너는 그래도 당황하지 않고 턱으로 번호를 눌렀어. 옆에 있는 누군가에게 부탁할 수도 있었지만 턱으로 하는 편이 빠르다고 생각했겠지. 그 이후로 구급차와 놀란 선생님이 거의 동시에 도착했지."

"그게 어쨌다는 거야? 나도 그 일이 기억은 나지만 사람을 죽이는 일과는 연관이 없어. 어디선가 고통을 참는 일이 있다면 할 수는 있겠지만 고통을 주는 일은 할 수 없어."

"조금 다르게 생각해 보면 알 수 있어. 너는 누구도 가질 수 없는 침착함을 가졌어. 초등학생 아이가 모든 뼈가 부러져 있는 상태로 울지도 않고 스스로 신고를 할 수 있다고 생각해? 그건 재능이야. 해야 할 일을 어떻게든 마무리 지을 수 있는 강단과 침착함."

생각해 보니 그랬다. 누구든 다치면 당황하기 마련이다. 어린아이라면 더욱 그럴 것이다. 나는 그 사고를 기억하면 할수록 상황을 처리할 수 있는 최선의 방법만으로 움직였다. 병원으로 빨리 갈 수 있는 방법을 찾았다. 주변에 또래 친구들에게 부탁해 봤자 그들이 더 당황해 일을 망칠 게 뻔했고 선생님을 찾아가기보단 직접 신고하는 편이 빨랐다.

"그런 침착함이라면 사람을 죽이는 것은 더 쉽게 느껴질 거야. 일을 할 때는 모든 뼈가 부러지지 않으니까 말이야."

시체를 준비해 온 캐리어에 구겨 넣었다. 사후 경직이 일어나기 전에 생각을 멈추고 유연한 몸을 넣었다. 집을 나서며 혹시나 남긴 흔적들을 지웠다. 흔적이라 해야 내가 흘린 땀이 전부였다. 방금 죽은 남자는 피 한 방울 흘리지 않았다. 작은 칼날 끝에 독을 발라두어 그가 잘 때 작은 상처를 냈다. 따끔한 느낌에 남자가 뒤척였지만 여름날의 모기라고 생각했을 것이다. 만일 그가 깨어난다 해도 독이 퍼질 때까지 가만히 대치만 하고 있으면 괜찮았다.

캐리어를 들고 계단으로 내려온다. 엘리베이터에는 CCTV가 있었다. 1층 공동 현관문에도 CCTV가 있었기에 2층에 멈춰서 창문으로 캐리어를 던진다. 소리가 나지 않게 화단 위로 정확하게 낙하시켰다.

준비시켜 둔 차에 캐리어를 싣고 아파트 단지를 나섰다. 차단기가 설치되어 있지 않아 차로 단지를 나가는 동안 다행이라고 생각했다. 이 먼 거리를 사람만 한 캐리어를 끌고 다닐 생각에 아찔했다.

새벽 거리에 차는 거의 없다. 이따금 택배 트럭이 지나갔지만 그들은 나를 없는 사람처럼 여겼다. 내 차가 존재하지 않는 것처럼 달린다. 나는 그들을 조심하며 운전한다.

동이 트기 전 도착한 곳은 애완동물 화장터였다. 큰 고물상처럼 생긴 화장터는 주변이 산으로 둘러싸여 언뜻 보면 공기 좋고 평화로운 느낌마저 주었다.

나는 차에서 캐리어를 내린다. 누군가 소리를 듣고 차 쪽으로 걸어온다. '뚱보'다. 뚱보는 그의 이름에 걸맞게 건장한 몸을 하고 있다. 타이어를 집어삼킨 듯 몸이 부풀어 있다. 걷기도 힘들어 보인다. 뚱보는 나에게

인사를 한다. 나이는 나보다 한참은 많아 보이지만 언제나 깍듯하게 존
댓말을 한다.


"오셨어요. 캐리어 저 주세요."


힘들게 옮긴 캐리어를 뚱보는 가볍게 들어 옮긴다. 그의 몸은 이 일을
위해 존재하는 것처럼 보인다. 뚱보는 캐리어를 안쪽으로 옮기고 나에게
현금다발과 다음 일을 전달한다. 나는 그것을 받아들고 돈을 세고 갈색
봉투에 든 일거리를 확인한다.


"고맙다. 가격 맞네."


돈봉투 안에는 현금으로 400만 원이 들어있다. 일의 강도에 비해 괜
찮은 수입이었다. 갈색 봉투에 든 사진을 들여다본다. 나랑 비슷한 나이
대의 여자이다. 20살 초반에 무슨 일을 저질렀기에 이런 일을 겪는지 궁
금하다. 여자의 얼굴은 어떻게 보든 평범하다. 죽을 일을 저지를 얼굴이
아니다. 의뢰한 사람의 사진이 아닌지 의심도 든다. 이마가 넓고 색이 좋
다. 눈은 크지 않지만 웃으면 귀여울 것 같은 얼굴을 가지고 있다.


그런 생각도 잠시 나는 다시 일을 계획한다. 일이 잘못 오는 일은 없
다. 지금까지 경험상 그런 일은 없었다. 누군가의 잘못으로 다른 사람이

죽는다면 청소 일도 지금까지 이어지지 않았을 것이다.

피곤한 몸을 이끌고 집으로 돌아간다. 혹시나 사고 나지 않을까 조심해서 운전한다. 잠이 쏟아지지만 정신과 몸은 각성 상태로 넘어간다.

빌라 단지 골목에 차를 세우고 30분을 걸어 집으로 돌아갔다. 누군가가 나를 보지 않을까 걱정에 나는 항상 멀리 차를 세우고 집까지 걸어갔다. 집으로 돌아가자 가족들이 방금 출근해서 집 안에 온기가 남아있다. 주방에 있는 국은 아직 따뜻하다. 그릇을 꺼내 따뜻한 국과 밥을 먹는 둥 마는 둥 목으로 넘긴다.

대충 밥을 먹고 잠자리에 누워 다음 일을 처리할 계획을 머릿속으로 세운다. 간단하지만 굵직하게 세운다. 어디서 죽일 것인가, 어떻게 죽일 것인가 따위를 생각한다. 접근할 계획과 빠져나올 계획을 세운다. 머릿속으로 이런저런 계획들을 생각하며 잠이 든다. 그러면 꿈속에서 시뮬레이션이 돌아가고 계획은 내 몸속에 자리 잡는다.

오후 5시쯤 일어났다. 간단하게 밥을 먹고 집에서 나온다. 갈색 봉투에 넣어둔 그녀의 사진과 사는 곳을 확인한다. 그리 멀지 않은 곳이다. 차를 가지러 30분을 걷기보다는 걸어서 그녀가 사는 곳까지 간다. 50분 정도가 걸렸다. 허물어져 가는 주택가 안으로 들어서자 공기가 달라진다. 몸을 누르는 무거운 공기가 느껴진다. 무성한 풀이 가득한 정글을 마체테로 가르며 나아가듯이 손으로 공기를 가르며 앞으로 걸어간다. 여자가 사는 집은 지하에 위치해 있다. 방 불은 모두 꺼져있다. 주변을 둘러보며 다른 집들도 확인한다. 오후 7시가 되었지만 거의 모든 집의 불이 꺼져있다.

동네를 걸어 다니며 무거운 공기를 모두 제거해 둔다. 일이 잘못되어 도망칠 길을 모두 확보해 둔다. 마지막으로 그녀의 집 앞으로 지나갈 때 그녀가 집으로 들어가는 것을 본다. 오후 10시에 집에 귀가하는 모양이다. 갈색 봉투에 담긴 그녀의 일과표가 있긴 했지만 나는 확인할 필요가 있었다. 일과표와 같은 시간대로 움직이는 것으로 보아 이번 주 안으로는 같은 일상이 반복될 것이다. 그다음 나는 범행 계획을 세운다. 반지하 방이니 가스를 풀어도 될 것이었다. 그렇다면 시체를 처리할 일도 줄일 수 있었다. 반지하 방에서 가스 중독으로 죽은 여자를 신경 쓸 사람은 없다. 단지 방값이 떨어진다는 집 주인의 불평이 있을 테지만 나와는 상관 없다. 오히려 그런 주인이 있다면 소문도 멀리 퍼지지 않을 것이다. 동네 사람들이 출근길에 그녀의 집 주변으로 둘러싸인 폴리스 라인을 힐끗 보고 다시 무거운 공기를 가르며 같은 일상을 반복할 것이다.

오늘 새벽 일을 바로 실행할 생각이었다. 다음날 친구들과 야구 경기를 보러 가기로 했기에 여유가 없었다. 가스도 구하지 않아도 되었다. 반지하 방을 비롯하여 모든 주택이 LPG 통을 집 옆에 두고 사용하고 있었다. 가스관을 잘라 집 안으로 들여보낼 방법도 누군가 미리 준비해 둔 양 그곳에 얌전히 나를 기다리고 있었다. 어쩐지 일이 잘 풀린다는 생각이 든다. 일이 저절로 풀린다는 흥분이 올라온다. 마침 여자가 더운 듯 창문을 연다. 그곳으로 가스를 흘려보내고 창문을 닫고 빈틈을 테이프로 막으면 된다. 문틈 사이로 새어 나오는 가스가 있을지 모르지만 무거운 가스는 바닥으로 가라앉는다. 창문으로 보이는 여자의 방은 이불 하나가 바닥에 깔려있다. 여자는 침대가 없다. 바닥에 누워 자 준다면 고마운 일이다.

집으로 연결되는 가스관을 찾아 근처 철물점에서 산 고무관으로 잇는다. 그리고 여자가 잠이 들 때까지 기다린다. 창문이 낮아 멀리서 불이 꺼지기를 기다린다. 여자가 TV를 보는지 야구 중계 소리가 들려온다. 응원하는 팀이 이기고 있는 듯 작은 박수 소리와 나무 배트가 쪼개지는 큰 타구 소리가 겹친다. 나는 조금 더 가까이 다가가 몸을 낮추고 창문에 귀를 기울인다. 경기가 어떻게 진행되고 있는지 궁금하다. 맥주캔이 찌그러지는 소리가 들린다. 맥주도 마시고 싶다.

경기가 9회 말을 달려갈 때 여자가 TV를 끄고 밖으로 나왔다. 동점인 듯했지만 여자는 경기 결과가 궁금하지 않은 모양이었다. 꽤나 독한 여자이다. 그런 절제력을 가진 사람을 본 적이 없다. 아마 자신의 팀이 수비 중이겠지 생각한다.

여자는 빨간 야구모자를 쓰고 밖으로 나온다. 그녀는 시원한 반팔 차림으로 집 앞에서 담배를 피운다. 숨을 고르지도 않고 담배를 피워댄다. 그녀의 모든 호흡이 담배 필터를 통해 이루어진다. 나는 여자에게서 멀리 떨어져 휴대폰을 확인한다. 경기 결과가 궁금하기도 했고 여자의 팀이 수비인지 공격인지 알기 위해서 인터넷에 프로야구를 검색했다. 여자가 쓴 모자의 팀을 찾는다. 5 대 5 동점이다. 9회 말과 공격팀. 여자의 야구팀이 1사 3루에서 희생타로 한 점 차이 승리를 가져간다. 주자가 홈플레이트로 여유롭게 걸어온다. 베이스를 밟고 동료들의 환호를 받는다. 희생타를 친 타자는 1루로 가지도 않고 곧바로 홈플레이트에서 3루 주자를 기다린다. 여자의 짧은 담배에 붙은 불이 떨어진다. 여자의 호흡이 끝난다. 경기도 끝난다.

집으로 들어간 여자는 곧바로 자는 듯 집 안에서 새어 나오던 불이 꺼진다. 나도 준비를 시작한다. 가스통에 연장 호스를 하나 연결하고 창문으로 관을 넣는다. 어딘가에 부딪히지 않게 조심스럽게 집어넣는다. 그리고 창문을 닫고 관으로 인해 생긴 틈을 테이프로 막아둔다. 지금이 9시이니 새벽 3시면 여자가 깨어나지 못할 것이다. 나는 작은 창문 앞에서 기다린다. CCTV는 없다. 공기를 가르며 주변을 돌아다니며 모두 확인했다. 집으로 곧장 가도 되지만 나는 일이 너무 잘 풀린다는 불안함에 기다린다. 여자가 죽은 것을 확인해야 한다. 그래야 내일 야구장에 기분 좋게 갈 수 있다.

여자가 잠들기를 기다린다. 깊은 잠이 들기를 기다린다. 시간이 얼마 걸리지 않을 것이다. 여자의 잠자리는 LPG 가스 무게와 비슷하기에 바닥에 눕는다. 여자는 담배를 피울 때처럼 가스만으로 호흡할 것이다. 공기가 아닌 다른 무언가로. 그리고 깨어나지 못한다. 가스 냄새도 맡지 못할 것이다. 여름철이어서 벽지에 생긴 곰팡이와 배어난 냄새를 가스와 구분하지 못한다. 자신의 손에 밴 담배 냄새와 머리에 밴 땀 냄새를 구분하지 못한다.

새벽 4시에 창문을 살짝 열고 안을 살펴본다. 어둡기에 아무것도 보이지 않는다. 여자가 죽었을 것이 확실했지만 일이 순조롭게 풀린 관계로 확인하기로 한다. 문을 따기 위해 열쇠를 복사해 두었지만 문은 잠겨 있지 않았다. 나는 조심스럽게 안으로 들어간다. 바닥에 깔린 가스가 내 발목을 스쳐 지나간다. 무거운 가스가 깔린 바닥을 걷기란 힘들다. 무언가 발목을 잡아 걸음을 방해하는 듯 발걸음이 무겁다. 나는 과장하며 발을 높게 들고 걷는다. 어딘가 우스꽝스럽게 보인다.

여자는 얇은 이불 위에 잠이 들었다. 숨을 쉬는지 코 아래로 손가락을 넣어본다. 숨결이 얕게 느껴진다. 숨결에 담긴 담배 냄새가 내 손에 배어났다. 그리고 손가락 두 개로 그녀의 손목 정맥을 짚어본다. 미세하게 뛰는 듯하다. 아직 죽지 않았구나. 나는 당황한다. 왠지 일이 잘 풀린다 생각했다. 일이 쉽게 진행된다면 다시 생각해 볼 필요가 있다는 것을 망각했다. 쉽게 생각나고, 풀리는 일은 어딘가 결함이 있던가 더 좋은 방법이 있는 법이다.

계획이 틀어졌다. 나는 침착함을 되찾기 위해 숨을 고른다. 가스 냄새가 옅게 난다. 머리가 어지러워 생각을 이어 나갈 수 없다. 지금 상황에서 가장 최선의 선택을 해야 한다. 몸의 어딘가를 찔러 죽일 수 있지만 시체를 처리해야 한다. 나는 그런 일까지 대비하지 않았기에 차도 가져오지 않고 캐리어도 가져오지 않았다. 가스 냄새가 생각을 방해해 나는 창문을 더 활짝 연다. 그녀가 피운 담배꽁초가 바닥에 떨어져 있다. 머리가 확 트이는 기분이 들며 가스 폭발이라는 단어가 머릿속에서 지나간다. 그래, 더욱 간단한 해결 방법이 있었다. 하지만 나는 불을 붙일 수 없다. 불을 붙여 터진다면 나도 죽을 것이 뻔했다. 내가 이곳을 나갈 시간을 기다려 줄 불이 없었다. 담배를 태워 재가 떨어지게 놔두는 방법도 생각했지만 확신할 수 없었다. 담배가 혼자 타들어 가 언제 혼자 불씨를 떨어뜨릴지 모른다.

나는 바닥에 깔린 가스를 현관에 놓인 빗자루로 쓸어낸다. 그리고 현관문을 활짝 열어두고 계단을 오른다. 계획은 다음 날로 미뤄야겠다. 주말이 오기 전에 끝내야 일이 수월할 것이다. 평일과 다른 일과를 마친 여자를 상대하기에는 일이 복잡해진다. 나는 머릿속으로 다음날 계획을 정리하며 무거운 공기가 헤쳐진 골목길을 나선다. 집까지 걸어가는 시간

동안 여자가 아침에 일어나 마주칠 일들을 생각한다. 머리가 깨질 듯이 아플 것이고 열린 현관문으로 밤새 바람이 들어와 두통을 일으켰으리라 생각한다. 술기운 탓이라고도 생각할 것이다. 출근을 미룰 수 없어 그만 나갈 준비를 하며 두통에 대한 원인을 잊을 것이다. 원인을 찾으려 할수록 조여오는 두통도 생각을 멈출 하나의 이유가 되어줄 것이다.

다음 날 오후 3시쯤 일어나 차를 타고 야구장으로 간다. 야구를 좋아하지만 응원하는 팀이 딱히 있는 것은 아니다. 이따금 돈을 걸고 볼 때 그 경기만 어느 팀의 팬이 되지만 그것도 잠시뿐이다. 경기에서 지면 화를 내고 이기더라도 다음 경기는 반대팀에 걸 수 있게 마음을 주지 않는다. 5시가 되어 야구장에 도착한다. 다른 친구들보다 일찍 도착한 탓에 차에서 내려 매표소로 가서 먼저 표를 뽑는다. 1시간이나 일찍 도착했지만 매표소의 줄이 길다. 맨 뒤에 줄을 서자 어디선가 나온 사람들이 뒤에 줄을 선다. 앞사람이 빠지는 속도보다 쌓이는 속도가 빨라지자 가만히 서 있지만 앞으로 전진하고 있다는 착각이 든다.

표를 찾아 게이트 앞에서 친구들을 기다린다. 6시 30분 경기였지만 6시 20분까지 3명의 친구들은 보이지 않는다. 길이 막혀서 그런 것인지 아니면 늦게 출발한 것인지. 전화도 받지 않는다. 이미 내려서 걸어오고 있을까 싶어 전화를 걸어보지 않는다. 친구들은 6시 30분이 조금 넘어서야 나타났다. 내가 보낸 문자를 보고 게이트 앞으로 손을 흔들며 다가온다. 화를 내지 않고 표를 한 장씩 나눠준다. 1회가 시작된 듯 응원 소리가 쩌렁하게 울린다. 늦게 온 친구들이 자리를 찾아 급하게 뛰어간다. 나는 그들처럼 서두르지 않는다. 야구를 그렇게 좋아하지 않기 때문이다. 우리 자리는 홈베이스 뒤쪽이었다. 꽤나 높은 곳에 위치한 자리여서 가뜩이나 작은 야구공이 보이지 않는다. 전광판으로 중계 화면을 보는 편이 더 나을 것 같다. 자리에 앉자 1회가 끝난 듯 선수들이 일제히 더그아웃으로 들어간다. 1회 초가 끝난 것이 아니라 1회가 끝났다. 우리는 그렇게 1회를 놓쳤다. 그래도 상관없다. 나는 야구를 좋아하지 않으니까.

관중석 앞으로 응원단장이 나와 응원가를 선창한다. 관중들은 모두 같은 응원가를 따라 부른다. 유행하는 노래나 누구나 알 수 있는 후렴구로 이루어진 응원가를 나도 작게 따라 불렀다.

원정팀의 공격이 이어진다. 빨간 유니폼의 원정팀이다. 여자가 좋아하던 야구팀이다. 나는 어젯밤 여자와 같이 본 야구 경기가 떠오른다. 실제보다 더욱 생생하게 떠오른다. 모자를 쓴 여자의 모습과 가스를 마시고 옅은 숨을 쉬고 있던 그녀가 생각난다. 그녀의 얼굴은 죽어도 떠오르지 않는다. 그래도 호감을 주는 얼굴이었지 않나 생각 든다. 불현듯 그녀의 생각에서 오늘 밤 실행할 계획을 세우지 않은 것이 얼굴을 화끈하게 한다. 방에 들어가 가스를 같이 마신 탓에 정신을 놓고 있던 모양이다. 왠지 잠자리에 들기 전 몽롱한 기분이 든 탓이 그 때문이 아닐까 추측한다.

그로 인해 꿈속 시뮬레이션은커녕 계획도 제대로 생각해 두지 않았다. 5회 초 원정팀의 공격에서 5번 타자가 2점 홈런으로 역전을 만들자 환호와 함께 생각하던 계획이 순식간에 사라진다. 그리고 여자가 야구를 보며 환호할지 그전에 야구 중계를 꺼버렸는지는 확신이 들지 않는다.

경기는 9회까지 5회에 나온 역전 홈런으로 점수가 멈추어 끝났다. 여자의 팀이 이겼다. 그녀는 야구를 끝까지 보지 않았을 것이다. 자신만의 징크스가 있는지 경기를 보지 않아야 이긴다고 믿는지, 아니면 그녀는 야구를 좋아하지 않는다. 나는 주차장에서 차를 빼서 곧장 그녀가 사는 주택가로 달려갔다. 트렁크에서 예리한 칼 한 자루와 큰 캐리어를 확인한 후에 말이다.

그녀의 집 앞에 차를 운전한다. 어둡지만 형광색 폴리스 라인이 쳐져 있는 것이 보인다. 반지하 방은 날아가 있고 그 위로 올라간 집들도 반지하 방을 중심으로 부서져 있다. 나는 다시 얼굴의 화끈거림을 느낀다. 어제 조금 남아있던 가스에 불이 붙은 모양이다. 여자는 새벽에 깨어나 가스가 현관문으로 채 빠지기 전에 담뱃불을 붙인 모양이었다. 집 밖에서 불을 붙이고 창가 쪽으로 담뱃불을 털다 폭발이 일었을 것이었다. 다른 이유로도 폭발이 일어날 수 있겠지만 지금 그것보다는 여자가 죽었는지 확인하는 것이 먼저이다.

나는 바로 앞에 위치한 집에 노크를 한다. 곧이어 방금 씻은 듯한 중년 남성이 문을 열고 나온다. 누구냐고 묻는 남자에게 나는 조사를 하러 나왔다고 한다. 남자는 얼굴을 찌푸리며 아까 다 물어보지 않았냐며 귀찮은 듯 화를 낸다. 나는 남자에게 살짝 웃으며 허리를 숙여 굽신거린다. 차에서 현금다발을 꺼내와 남자에게 몇 장 쥐여주며 기자라는 뉘앙스를 풍긴다. 남자는 알겠다는 듯 돈을 받아두고 정리된 상황 설명과 문장들로 말을 한다. 낮에도 수십 번 반복된 연습으로 문장은 다듬어지고 더 알맞은 단어들과 표현들로 완성된다. 그는 단 한 번의 숨도 쉬지 않고 내뱉는다.

"새벽에 큰 소리가 났어. 자고 있었는데 소리가 어찌나 크던지 땅이 울려서 지진이 난 줄 알았지. 밖으로 나가보니 바로 요 앞집이 날아갔더라고. 폭탄을 맞은 것처럼 말이야. 그래서 곧바로 TV를 켜서 뉴스 속보가 있나 확인했는데 아무것도 나오지 않더라고. 그래서 소방서와 경찰에 신고를 하고 살펴보러 갔어. 아내가 말렸지만 궁금한 걸 어쩌겠나. 하지만 그곳에는 아무것도 남아 있지 않았어. 모두 날아가서 사라진 후였지. 정말 아무것도 남아 있지 않았어. 누구 다친 사람도 보이지 않았지. 가스 폭발이 심해서 시체가 산산조각이 나서 찾지 못한 거일 수도 있겠지. 왜냐면 경찰이 와서 어떤 사람의 시체를 찾았다는 거야. 시체라고 했지만 어느 한 조각이겠지. 그런 폭발에서 온전한 시체를 찾기는 힘들 테니까. 누군가 죽긴 했는데 정확하게 누가 죽었는지는 알려주지 않더라고. 그런

데 주변에서 하는 이야기로는 어떤 사람이 죽었다고 하더라고. 검은색 야구모자를 쓴 채로 말이야."

"무슨 색 모자라고요?"

"음… 아마 검은색 모자였을 거야. 오늘 5회에 홈런을 맞고 진 팀 말이야. 이제 늦었으니 그만 들어가겠네. 문을 계속 열어두면 모기가 들어오고 앞에 가스 냄새가 계속 나는 것 같아서."

남자는 말이 끝나자 문을 닫고 들어간다. 나는 폴리스 라인을 넘어 주변에 파편들 속에서 그녀의 살점을 찾는다. 피 한 방울이라도 손톱 하나라도 남아있다면 그녀가 죽었음을 확인할 수 있다. 그러나 눈앞에 보이는 것들이라곤 검게 그을린 바닥과 그 위에 찍힌 무수한 경찰들의 발자국뿐이다. 그녀를 찾을 수 없다. 나는 다시 폴리스 라인을 넘어 차로 돌아온다. 차에 앉아 그녀의 신상정보가 담긴 갈색 봉투를 꺼내 든다. 안에는 그녀의 사진과 함께 인적 사항들이 적혀있다. 그녀의 동선이 담긴 메모들도 보인다. 각 시간대별로 나누어져 있고 그 시간대에 하는 일들이 적혀 있다. 나는 그것들을 모두 보았다. 몇 번을 읽어보고 외우다시피 하였다. 하지만 나는 그녀에 대해 아무것도 모른다. 사실 그녀에 대해 많이 알아봤자 일에 도움 되는 것이 없다. 괜한 동정심을 가지면 주저함이 생긴다. 지금은 상황이 다르다. 그녀가 죽었을지도 모른다. 아니면 살았을지도 모른다. 폭발로 죽은 사람은 검은색 야구모자를 썼다. 그녀가 좋아하는 팀이 아니다.

그녀가 아닐 수도 있다는 생각이 있지만 그렇다고 확인하지 않을 수도 없다. 만일 살아있다면 내가 위험해진다. 일을 처리하지 못하면 어떻게 되는지 겪어보진 않았지만 직감적으로 알 수 있다. 침착함이 통하지 않는 위험이 나를 기다린다.

갈색 봉투에서 쓸 만한 것을 찾아내지 못한다. 그녀가 죽었다면 가족을 찾으면 장례식에서 영정사진으로 그녀의 죽음을 확인할 테지만 그녀는 가족이 없다. 직장도 물류창고에서 일하는지 전화해 보았지만, 일을 하는 도중에도 사라지는 사람도 있을뿐더러 하루 일당을 받아 가는 식이라 담당자는 신경질적으로 내 전화를 끊었다. 나는 휴대폰으로 '가스 폭발'이라는 단어를 검색해 본다. 최근 올라온 기사들에는 폭발 사고에 대한 언급이 없다. 몇몇 검색어가 들어간 '도시가스 요금 폭탄'이라는 기사 제목들만 눈에 들어온다.

어두운 차 안에서 휴대폰을 오래 보고 있으니 눈이 뻐근하다. 눈을 감고 잠시 눈알을 굴리며 눈을 풀어준다. 건조한 눈에서 눈물이 나온다. 눈꺼풀 안쪽으로 찬 눈물은 눈을 뜨자마자 증발하여 다시 눈을 건조하게 만든다. 한숨 자고 생각해야겠다.

운전대를 잡고 골목을 빠져나간다. 눈이 건조해서 눈을 가늘게 뜨고 앞을 응시한다. 이따금 눈을 꼭 감아 눈물을 보충해 준다. 사람이 없는 골목길에서 눈을 잠시 길게 감았다 뜬다. 눈물이 새어 나와 눈이 개운해진다. 그때 앞으로 누군가 지나가는 것이 선명하게 보인다. 빨간 야구 모자를 쓴 여자가 지친 듯 걸어간다. 어깨에는 얼마 있지 않은 짐이 들어있는 듯한 작은 배낭을 메고 있다. 그녀는 아직 죽지 않았다. 운 나쁘게 검은 야구모자를 쓴 사람이 야구를 끝까지 보다가 빨간 모자의 야구팀에게 진 것이 분해 담배를 신경질적으로 던져버렸을 것이다. 그녀 혹은 그는 운이 나쁘게 죽었다. 자신이 응원하는 팀이 패배를 확신할 때.

나는 차를 주변에 주차하고 내려 그녀를 따라간다. 그녀는 집으로 돌아가는 모양이다. 무슨 물건을 두고 왔는지 아니면 어쩌면 갈 곳이 마땅하지 않아 무너진 건물로 다시 돌아가는 것인지 알 수 없는 피곤한 발걸음만이 보인다. 그녀는 예상과 같이 반지하 방으로 돌아갔다. 폴리스 라인을 넘어 무너진 건물을 바라본다. 나도 거리를 두고 그녀를 바라본다. 그녀는 오늘 야구 경기를 끝까지 보았을까? 아니면 중간에 보기를 그만두었을까. 그녀는 한참을 서서 그을린 바닥 위에서 담배를 피운다. 고개를 푹 숙이고 담배를 피운다. 폭발을 원하는 듯 담배를 여러 개 이어서 피운다. 라이터를 사용하지 않고 남아있는 불씨로 다음 담배에 불을 붙인다. 그녀의 사연이 궁금하다. 옆으로 가서 담뱃불을 붙여주며 이야기를 나누고 싶다. 그렇지만 나는 그녀가 살아있다는 사실을 받아들여야 한다. 어떠한 필터도 없이 그녀의 살아있음만을 직시해야 한다. 그녀는 죽어야 한다. 차에는 그녀를 담을 캐리어도 준비되어 있고 주머니에는 혹시나 해서 챙긴 칼자루도 있다.

나는 그녀의 뒤로 접근한다. 발걸음을 죽이고 천천히 접근한다. 그녀는 상념에 잠겨 눈치채지 못한다. 바로 뒤에 다가간 후에 나는 그녀의 목덜미를 바라본다. 칼을 주머니에서 꺼내자 문득 불안함이 몰려온다. 몸에 내재된 위험 경보가 울린 것이다. 여기서 그녀를 죽이고 처리할 수 있지만, 이곳은 사건 현장이고 경찰이 일주일은 더 상주할 것이다. 폭발의 원인을 찾았지만 수사를 마무리하기 위해 멀리 떨어진 CCTV도 확인해 나를 찾아낼 수도 있다. 나는 칼을 주머니에 다시 넣는다.

여자가 뒤를 돌아본다. 내 인기척을 느꼈는지 놀란 기색도 보이지 않는다. 내가 있다는 것을 알고 있었다는 느낌을 준다. 하지만 그녀는 알지 못했다. 나를 보자마자 할 말을 잊은 듯 아무 말도 하지 않았다. 내가 누군지 알아보려는 눈동자의 움직임이 미세하게 보였다. 그녀의 숨에서 담배 냄새가 난다. 나는 그녀의 갑작스러운 움직임에 놀란다. 그래도 차분하게 말을 건다.

"여기 있으시면 안 돼요. 혹시 여기 사시는 분인가요? 그래도 들어오시면 안 되는데… 무엇 때문에 오신 거죠?"

여자는 거짓말과 진실 사이에 고민하는 듯 눈을 피한다. 곧 둘 중 하나를 결정한 듯 내 눈을 보고 대답한다. 눈이 건조해 길게 눈을 감는 바람에 나는 그녀가 나를 쳐다보는 눈동자의 움직임을 놓친다.

"여기 사는 사람이에요. 두고 간 물건이 있어서 다시 왔는데. 아무것도 없네요. 가지고 있던 물건들도 모두 사라지고 가지고 있지 않던 물건들도 사라졌네요. 경찰이신가요?"

"경찰 비슷한 사람입니다. 머무르시는 곳이 있나요? 태워드리겠습니다."

"괜찮습니다. 신경 안 쓰셔도 돼요. 죄송합니다. 이만 가볼게요."

"아닙니다. 근처까지 태워다 드리겠습니다. 차가 여기 바로 앞에 주차되어 있습니다. 지금 딱히 할 일도 없고 피해 보신 분들을 도와드리는 게 저희 일입니다."

"그럼 근처 역까지만 부탁드릴게요."

"지금 기차도 없는데. 역 근처로 가도 괜찮겠습니까? 머무를 곳이 없으시면 근처 모텔이라도 잡아드리겠습니다."

"괜찮습니다. 역까지가 괜찮을 것 같아요."


나는 고개를 끄덕이고 앞장서서 차로 걸어간다. 그녀도 내 뒤에서 나를 따라온다. 차에 타고 근처 역으로 출발한다. 나는 그녀가 긴장한 것을 알아차린다. 그녀의 긴장을 풀어주기 위해 말을 꺼낸다. 자신을 죽일 사람이 긴장을 풀어준다는 것이 아이러니하지만 나는 그렇게 해야 한다고 느낀다.

"야구 좋아하시나 봐요? 야구 모자 쓰신 거를 보니까."

"네, 야구 좋아하죠."

"오늘 경기 보셨나요? 좋아하시는 팀이 이겼던데."

"처음에만 보다가 꺼버렸어요. 그래도 이겼나 보네요."

"끝까지 안 보셨나요? 야구 경기 시간이 길긴 해서 전체적인 경기를 보기는 힘들죠. 좋아하는 팀이 없으면요."

"아니요. 저는 원래 경기를 끝까지 보지 않아요. 응원하는 팀이 지든 이기든 그전에 꺼버리고 쳐다도 보지 않아요. 확인하기 싫다고 해야 할까요? 승부가 결정 나는 순간 바로 직전에 그 떨림이 좋아요. 그리고 결과도 확인하지 않고 그 떨림을 최대한 유지해요. 조금 이상하다고 생각하시죠?"

"그럴 수도 있죠. 중간에 경기장을 나가는 관중도 많잖아요."


나는 어느 때보다 죽여야 할 사람과 많은 대화를 나누었다. 그러면 안 된다는 것을 알고 있지만 일말의 자비도 컨트롤할 자신이 있었다. 말을 마치고 차창으로 보이는 도로만 보며 달린다. 고개를 돌리지 않으려 노력하면서 가야 할 길만 바라본다.


화장터로 바로 가야겠다. 그 근처에서 일을 해치우고 바로 간다면 힘이 덜 들 것이다. 운이 좋게도 역을 지나칠 즈음 그녀는 잠이 든다. 일이 순조롭게 풀려간다.

그녀가 잠에서 깨어나지 않게 조심스럽게 운전한다. 마음은 급했지만 천천히 목적지를 향해 달려간다. 화장터 근처 산속에 차를 세워두고 잠든 그녀를 쳐다본다. 전날 마신 가스가 이제야 중독을 일으켰는지 그녀는 꼼짝하지 않는다. 옅은 숨에 담배 냄새가 배어서 나올 뿐 거의 죽은 사람이나 다름없어 보인다. 주머니에서 칼을 꺼내다 말고 트렁크에서 낡은 철제 케이블을 꺼낸다. 피가 튀면 청소하기가 귀찮아진다. 그녀의 옅은 숨을 더 옅게 만들면 쉽게 끝나는 일이다. 트렁크에서 케이블을 가지고 뒷좌석으로 탄다. 그녀의 뒤에서 목에 케이블을 걸고 발로 시트를 힘껏 민다. 여자는 아무런 저항 없이 가만히 잠든다. 케이블에 손이 베어서 손아귀에서 피가 흘러나온다. 피로 인해 미끄러워진 손이 케이블에 미끄러진다. 나는 고개를 들고 다시 케이블을 고쳐 잡는다. 그때 사이드미러로 그녀의 얼굴이 보인다. 그녀의 얼굴을 보자마자 케이블을 잡은 손이 풀린다. 건조한 눈도 의식되지 않는다. 눈도 깜빡이지 못한다.

그녀의 얼굴은 방금과 다르다. 다른 사람을 착각한 것인가? 어두운 밤이어서 내가 잘못 보았을까. 그럴 리 없다. 그것은 내가 보는 환상일 것이다. 작은 동정심과 죄책감으로 인해 뇌의 체계가 그녀를 죽이지 못하도록 환상을 보고 있는 것이다. 나는 그렇게 생각한다. 나는 미친 게 아니다. 그렇지 않으면 설명할 수 없다. 인간은 그런 식으로 뇌와 몸을 속이며 진화해 왔다. 나도 진화의 지점에 있는 것이다. 그것이 더 유리한 진화일지 모른다. 불리한 진화 과정일 수 있다.

나의 진화가 아니라면 그녀의 진화일 것이다. 그녀는 카멜레온처럼 색을 바꾸어 포식자의 눈을 속인다. 지금 경우에는 색이 아닌 얼굴 전체가 바뀌었다. 죽지 않기 위해 마지막으로 진화를 거치는 중일 것이다. 나는 진화의 과정을 운 나쁘게도 목격하고 있다. 그녀는 살고 싶어 한다. 다음날 야구 경기를 보고 싶기도, 결과를 중간에 보지 않고 중계를 끄고 싶기도, 가스 폭발로 인한 집을 되찾고 싶기도 할 것이다. 나도 그걸 모르진 않는다.

둘의 진화가 동시에 진행된 것일 수도 있다. 나의 진화와 그녀의 진화가 동시에. 확률적으로 말이 되지 않지만 확률이 0이 아닌 이상 일어날 법도 하다. 나는 그녀를 죽이지 못하는 진화를 겪고 있고, 그녀는 죽지 않을 진화를 겪고 있다. 그녀가 더 유리한 위치에 있다. 두 진화 모두 그녀를 살리려고 노력하고 있다.

손아귀에서 힘이 풀리자 그녀의 숨이 터져 나온다. 목 주변으로 케이블로 생긴 자국이 선명하다. 조금 시간이 지나자 자국에서 몽글한 핏방울이 맺힌다. 그녀는 누구보다 거친 숨을 쉰다. 목에 난 상처에서 들이쉬는 숨이 새어 나가고 폐에서 내쉬는 숨이 상처로 새어 나간다.

그녀의 얼굴도 다른 사람으로 부활하고 있다. 살이 없어 날렵한 턱은 두꺼워지고 가녀린 몸이 부푼다. 남자가 되어가는 중일까 아니면 여자가 되어가는 중일까. 하지만 지금 나에게 그녀의 성별은 중요치 않다. 내가 할 일은 차분해지는 것이다. 내 숨소리도 그녀만큼 거칠다. 손에 난 땀을 바지춤에 닦고 케이블을 고쳐 잡는다. 그리고 심호흡을 하며 생각을 정리한다. 내가 할 일들만을 생각한다. 그녀를 죽이는 일만 집중해야 한다. 얼굴이 바뀐다고 해서, 성별이 바뀐다고 해서 케이블 사이 좁은 공간에 있는 사람은 그녀이다. 얇은 그녀의 목도 겨우 들어오는 공간에 다른 사람이 들어올 경우는 없다. 나는 눈을 감고 케이블을 당긴다. 아까 생긴 목의 상처로 케이블이 부드럽게 자리를 찾아간다. 그녀의 숨도 어느 순간 끝내는 단절되어 끝나지 않고 부드럽게 약해진다.

얼마나 시간이 지났을까. 나는 그녀가 죽지 않았을까 한참을 케이블을 잡고 있었다. 손에는 케이블로 생긴 상처가 생명선 손금을 가로질러 붉게 나 있었다. 그녀의 얼굴을 확인하고 싶지 않았다. 그저 나는 눈을 감고 문을 열고 조수석의 시체를 꺼냈다. 눈을 뜨면 모습이 달라진 그녀가 기다릴 것 같다. 트렁크에서 캐리어를 꺼내면서도 눈을 뜨지 않았다. 지금 눈을 뜨면 다시는 감지 못한다는 확신이 들었다. 캐리어를 꺼내 그녀의 시체를 집어넣었다. 그녀의 몸보다 큰 캐리어였지만 어쩐지 잘 들어가지 않았다. 답답한 마음이 들었지만 눈을 뜨지 않았다. 하지만 눈을 뜨고 싶다는 생각이 간절하게 든다. 눈을 뜨고 싶다. 그녀가 죽었다는 것을 확인하고 싶다.

나는 살며시 눈을 떠본다. 주변은 어둡지만 한참 감고 있던 눈은 어둠에 적응되어 사물을 확인할 정도의 시력을 되찾았다. 나는 시선을 아래로 향하게 둔다. 그것은 본능이다. 나의 의지와는 상관없는 눈의 움직임이다. 그렇게 그녀의 얼굴을 마주한다. 아니 몸통을 마주한다. 얼굴이 없는 몸통이다. 내가 너무 강하게 케이블을 당긴 탓에 목에 난 상처를 따라 잘려 나간 것이었다. 나는 조수석으로 가서 잘린 머리를 찾는다. 좌석 바닥에도 그녀의 머리는 보이지 않는다. 머리가 잘리며 솟구친 피만 흥건하게 차를 적시고 있을 뿐이다. 나는 온몸을 써가며 차를 뒤진다. 적당히 굳은 끈적한 피로 움직이기 어려워진다. 나는 파리지옥 식물에 잡힌 파리처럼 차 안에 갇힌다. 머리는 어디에도 없다.

나는 그녀의 진화 결과를 확인하지 못했다. 9회 말 응원하는 팀의 마지막 공격을 보다만 야구 경기처럼 나는 긴장감을 가지고 살아갈 것이다. 평생을 노력해도 꺼지지 않은 긴장감을 말이다. 손에서 난 땀을 허벅지 춤 바지에 닦아냈다.

# 쑥과 마늘

얼굴이 마음에 들지 않는다. 눈은 작고 코는 뭉툭하다. 턱도 크고 피부도 좋지 않다. 나는 내 얼굴을 혐오한다.

못난 얼굴로 학창 시절의 추억도 많이 없다. 추억이라는 것 말고는 누군가가 내 얼굴을 비하하거나 놀리던 기억밖에 없다. 그것을 추억이라 할 수 있을지 모르겠다. 나로서는 그 기억들을 추억이라고 생각하고 싶지 않다.

30살이 다 되어도 연락할 수 있는 친구가 없다. 나는 방에 틀어박혀 20살 이후로 나오지 않았다. 밥은 엄마가 챙겨주는 밥이 전부였다. 집 안에서의 생활 반경은 방과 화장실만이 있다. 화장실을 가는 것도 별로 좋아하지 않았다. 물때 낀 거울로 보이는 내 추한 모습을 확인하기 싫었다. 그로 인해 자주 씻지도 않았다. 씻어야 한다고 생각이 들면 화장실 불을 끄고 어둠 속에서 세수와 양치를 했다. 자주 씻지 않아 얼굴의 여드름은 더 심해지고 있었다.

아빠는 내가 방에서 나오지 않는 걸 마음에 들지 않아 했다. 젊은 사내가 집 안에서 밥만 축낸다며 이따금 술에 취해 방문을 걷어찼고 나는 이어폰을 끼고 그 말을 무시했다. 가족들이 모두 자는 새벽 시간에 몰래 나와 화장실을 가다 거실에 앉아있는 아빠를 마주쳤다. 술에 취한 아빠는 눈물을 흘리고 있었다. 자신이 낳은 자식 얼굴도 못 본 지 몇 년이 되어간다며 억울해하셨다. 아빠 눈에는 가장 잘생겼다며 되지도 않는 위로를 하면서 말이다. 나는 황급히 방 안으로 들어가려 문고리를 잡아당겼다. 아빠도 서둘러 문고리를 잡고 버텼다. 햇빛도 보지 못하고 하루 종일 누워있는 나의 근력은 햇빛을 양껏 받은 아빠의 근육을 이길 수 없었다. 어두운 거실과 방을 사이로 두고 문틈으로 아빠와 눈이 마주쳤다. 아빠는 자신이 낳은 자식을 괴물 보듯이 보았다. 그 눈빛은 잊을 수 없다. 볼 수 없다는 것을 본 듯이 나를 보았다. 아빠는 내 얼굴을 보고 손아귀에 힘을 풀었다. 내 손으로 문을 닫았지만 거실의 불이 켜져 있었다면 아빠가 먼저 방문을 걸어 잠갔을 것이다.

다음날 엄마가 밥을 가져다주며 포스트잇에 짧은 메모를 주었다.

[성형외과 좀 다녀보렴. 아빠랑 엄마가 돈은 마련해 볼게.]

나는 편지를 읽고 정성스럽게 찢어 버렸다. 온몸에 피가 도는지 머리가 간지러웠다. 아니면 감지 않은 머리가 두피를 자극했든지. 밥을 먹고 방문 앞에 빈 그릇을 두고 컴퓨터를 켰다. 성형 생각은 있었지만 모아둔 돈이 없어서 차마 상담도 받지 못했다. 돈을 모으고 싶어도 내 얼굴을 보고는 친절하게든 불친절하게든 모두 거절했다. '인건비가 많이 들어서 쓰지 못하겠어요.' 혹은 '용모가 단정하지 않네요.' 혹은 '서비스직을 지원하면서 그런 얼굴을 들고 와요?'라는 거절 이유가 적힌 문자였다. 새벽 시간에 하는 물류 창고 일도 해보려 했지만, 하루에 100보도 걷지 않았던 나에게는 그것마저도 힘들어 도망쳤다.

　컴퓨터로 먼저 생각나는 '강남 성형외과'를 쳐보았다. 포털사이트에는 많은 병원들이 소개되어 있었다. 나는 그 많은 병원 중에서 before, after가 가장 드라마틱한 병원을 골랐다. 나보다는 잘생겼지만 한참은 못생긴 남자가 봐줄 만한 얼굴이 되어있는 사진이 마음에 들었다. 병원 사이트에 적힌 전화번호로 전화를 걸어 가장 빠른 날 예약을 잡았다.

　병원 상담에 가기 위해 오랜만에 의도치 않은 외출을 해야 했다. 오랜만에 불을 켜두고 샤워를 했다. 김이 서린 거울로 보이는 얼굴은 내가 생각해도 너무 못생겼다. 거울을 최대한 직면하지 않고 머리와 면도를 마쳤다.

　방으로 돌아와 머리를 말리고 입을 옷을 골랐다. 밖에 날씨가 어떤지도 몰랐다. 4월이지만 따뜻한지 아직 꽃샘추위가 있는지 몰랐다. 창문을 열고 15층에서 거리에 사람들이 어떻게 입고 다니는지 보았다. 누군가는 얇은 카디건을 입었고 누군가는 아직 패딩을 입었다. 다른 누군가는 반팔과 반바지 차림이었다. 각자 자신들의 온도에 맞는 옷을 입고 있었다. 나는 나의 온도가 어떤지 몰랐다.

옷장에 있는 옷도 몇 벌 없었지만 가장 무난한 트레이닝 바지와 반팔을 입었다. 그리고 집 문을 열고 밖으로 나갔다. 날씨는 생각보다 추웠다. 마른 체형이라 그런지 불어오는 바람에도 한기가 느껴졌다. 엄마가 준 차비로 택시에 올랐다.

병원 건물 바로 앞에 내려서 엘리베이터를 타고 곧장 병원으로 올라갔다. 6층에 위치한 병원은 깨끗하고 넓었다. 병원 특유의 소독약 냄새도 나지 않았다. 수술실과 입원실이 4층과 5층에 있다는 것은 내려가면서 열린 문으로 보이는 4층과 5층을 보며 알았다. 데스크에는 젊은 여자 두 명이 앉아있었다. 한 명은 컴퓨터를 만지작거리며 일정들을 정리했고 나머지 한 명이 나를 보며 웃었다.

"예약하셨나요?"

나는 가볍게 고개를 끄덕였다.

"성함이 어떻게 되세요?"

나는 이름을 말해주고 기다렸다. 옆에 앉은 직원이 내 이름을 듣고 일
정을 확인했다. 내 이름을 물어본 여자는 싱긋 웃고 있다. 나는 그 웃음이
비웃음이 아닐까 생각했지만, 그 웃음에는 어떠한 감정도 담겨있지 않았
다. 이런 곳에 온다고 비난하지도, 얼굴이 못났다고 무시하지도 않는 그
웃음. 데스크에서 일하려면 이런 웃음을 따로 배우는 것 같기도 했다.

로비에 앉아서 5분을 기다렸을까, 데스크의 직원은 나를 상담실로 안
내했다. 문을 노크하고 들어가자 로비보다 큰 진료실이 보였다. 앉아있
는 남자 의사는 머리가 정수리 부근까지 벗겨져 있었다. 내가 봐도 못생
긴 얼굴에 주름도 많아 제 나이보다 더 들어 보였다. 그는 성형외과를 하
면서 자신의 얼굴은 고치지 못했을까. 자신의 실력이 가장 뛰어나서 다
른 병원에서 수술을 받기가 꺼려지는 것일까. 그는 나의 얼굴을 보더니
별다른 표정을 보이지 않고 데스크의 직원처럼 웃었다. 그렇게 웃는 것
이 병원의 매뉴얼인 게 확실했다.

의사는 나에게 어디를 고치고 싶냐고 물었다. 나는 얼굴 전체라고 말
했다. 그는 잠시 끄덕이더니 원하는 얼굴이 있냐고 물었다. 나는 이 얼굴
만 아니면 괜찮다고 말했다. 의사는 옆에 걸린 벽걸이 TV로 연예인 사진
들을 띄워주었다. 나는 그중에서 눈을 감고 아무나 가리켰다. TV로 보이

는 그들은 나보다 훨씬, 아니 다른 종족 같았다. 내가 누구를 가리켰는지 모르겠지만 의사는 내 얼굴을 유심히 보며 설명했다.

"코와 눈은 비슷하게 할 수 있어요. 이제 턱이랑 광대처럼 뼈를 깎는 게 힘들 뿐이지. 그래도 비슷하게 만들어줄 수 있어요. 혹시 사진 있어요? 얼굴 사진. 증명사진도 괜찮고 셀카도 괜찮아요. 정면에서 찍은 것만."

"없는데요…."

"흠…. 그러면 나가서 한 장 찍고 오세요. 안내해 드릴 거예요."

의사는 전화기를 들고 데스크에 전화했다.

"환자분 정면 사진 한 장만 부탁할게요."

직원은 의사가 전화를 놓자마자 노크를 하고 들어왔다. 아무 감정 없는 미소를 보내며 나를 바로 옆에 영상실로 데리고 갔다. 영상실은 어느 병원의 엑스레이실과 비슷했다. 엑스레이 기계도 있긴 했지만 직원은 그 대신 미러리스 카메라를 꺼내 사진을 한 장 찍었다.

진료실로 돌아오자 아까 연예인들이 띄워져 있던 화면에 내 얼굴이 떠 있었다. 내 얼굴을 그렇게 큰 화면으로 본다니 얼굴이 화끈거렸다. 의사는 익숙하다는 듯이 내 사진을 이리저리 포토샵하고 있었다.

"눈은 이렇게 째서 하고…. 코는 뭘 넣어야겠다…."

의사는 자연스럽게 반말을 섞어가며 내 얼굴을 하나씩 고쳐나갔다. 실시간으로 바뀌는 사진이 신기하기도 했지만 그렇게 많은 곳을 고치는 데 많이 달라지는 점이 없다는 것이 불편했다. 의사도 계속 사진을 고치지만 나아지지 않는 외모에 한숨을 쉬었다. 마침내 완성된 얼굴은 어딘가 인공적인 느낌에 지금과는 다른 혐오감을 주었다.

"얼마나 드나요?"
"아마… 2억은 더 들 수도 있을 거예요. 수술비만 하면 그 정도 들고 이제 부기도 빼고 추후 다른 것들도 들어가면 정확한 금액을 말씀드릴 수 없네요."
"회복 기간은 긴가요?"
"한 번에 수술하진 못할 거예요. 여러 번 나누어서 하다 보면 2년은 잡고 하셔야 해요."
"2년이면 너무 기네요. 생각해 보고 연락드릴게요."

기간이 문제는 아니었지만, 솔직히 말하지 못했다. 엄마가 준 돈은 3천만 원이 조금 넘는 돈이었고 그 돈이면 눈과 코도 완벽하게 수술할 수 있을지 몰랐다. 눈과 코만 한다고 하더라도 혐오스러운 얼굴이 눈과 코만 성형한 혐오스러운 얼굴일 뿐이었다. 나는 진료실을 나가서 데스크

직원의 인사를 무시하고 병원을 나갔다.

다른 병원들도 가 보았지만 처음에 간 병원만큼 괜찮은 곳이 없었다. 처음 병원이 가장 잘하는 곳 같았다. 비용은 모두 비슷했지만 감당할 수 없었다. 병원 홍보 차원에서 before, after를 찍어준다면 수술 비용을 깎아준다는 곳도 있었지만, 할인된 금액도 3천만 원 아래로 내려가지 않았다.

나는 집으로 돌아와 다시 방문을 잠갔다. 엄마는 문 앞에 서서 상담은 어떻게 되었냐고 물었지만 대답하지 않았다. 밥도 먹지 않았다. 말도 하지 않고 숨도 쉬기 싫었다. 오랜만에 외출이어서 그런지 나는 피곤했다. 성형외과에서는 나 같은 사람이 익숙한지 내색하진 않았지만 한 번의 택시비로 교통비를 다 쓴 바람에 병원에서 병원으로 걷던 중 길거리 사람들의 시선을 느꼈다. 나를 혐오하고 깔본다는 느낌을 받지 않을 수 없었다. 그것은 학창 시절에 느꼈던, 아니면 태어날 때부터 느꼈던 감정일지 모르겠다. 나는 평생 받아온 그런 시선을 눈으로 보지 않고 그들에게 물어보지 않아도 알 수 있었다. 침대에 누워 그런 시선들에 눌려 잠이 들었다. 피곤했다.

그날 이후 다시 방에서 같은 생활을 했다. 달라진 점이라면 인터넷 커뮤니티를 돌아다니며 성형에 관한 글들을 찾았다. 이따금 후기들을 보았다. 괜찮게 생긴 사람들이 눈 또는 코 수술을 해서 더 괜찮아지는 후기들이 전부였다. 못생긴 사람이 괜찮아지는 경우는 후기가 없었다. 본래 얼굴형이 중요하다니, 성형은 얼굴을 바꾸는 것이 아닌 보완하는 것이라니. 그런 이야기들이 인터넷에 떠돌았다.

그중에 내 눈을 의심하게 하는 후기가 올라왔다. 나와 비슷하게 생긴 남자가 연예인이라고 해도 믿을 만한 얼굴로 바뀌어 있는 것이었다. 다른 사람일 것이라고 생각이 들기도 했다. 당사자는 그의 사진과 함께 글을 올렸다.

'저는 외모로 고생했습니다. 하지만 우리의 선생님을 만나서 새롭게 태어났습니다. 이것은 성형이 아닌 재탄생입니다. 저뿐만 아니라 다른 사람들도 새로운 인생을 선물 받기를 원합니다. 저희 클래스는 3000만 원에 운영되며 아래에 연락처로 연락 주시면 감사하겠습니다.'

댓글들의 반응은 부정적이었다. 그 거짓말을 어떻게 믿느냐니, 사기가 분명하다고 욕지거리를 해댈 뿐이었다. 당사자는 그런 댓글들을 신경 쓰지 않고 연락처만 남겨두었다.

그런 드라마틱한 변화를 겪을 수 있다면 3천만 원으로는 싼값이라고 생각했다. 일종의 사이비 종교가 아닐까 생각이 들었다. 얼굴을 고쳐준다며 돈을 뜯어 가고, 정성이 부족하다며 더 많은 돈을 요구하는 그런 종교들이 스쳤다. 하지만 나는 달리 방법이 없었다. 사이비 종교라고 믿고 싶었다. 그래서 연락처로 문자를 넣었다.

[글 보고 연락드립니다.]

답장은 금방 왔다. 마치 기다리고 있었다는 듯이.

[안녕하세요. 연락 잘 주셨어요. 저희는 쑥과 마늘이라는 단체입니다. 참여 기간은 100일이며 참여금은 3천만 원입니다. 참여 의사가 있으시면 저희 시설로 와주세요.]

그 밑에는 주소가 적혀 있었다. 나는 휴대폰 길 찾기로 주소를 넣었다. 대중교통편이 없었다. 5시간이 걸리는 한 가지 길이 있었지만, 그마저도 버스와 지하철을 6번을 갈아타야 했다. 마지막 버스에서 내려서는 1시간을 넘게 걸어야 했다. 산속 깊은 곳에 위치한 별장이 아닐까 추측했다. 차로는 3시간이 걸렸다. 하지만 그것도 산속 별장까지는 도로가 없는 모양이었다. 중간에 내려서 1시간을 넘게 걸어야 했다. 나는 다시 문자를 넣었다.

[차편이 마땅하지 않은데. 셔틀은 없나요?]

곧바로 답장이 왔다.

[셔틀 당연히 있습니다. 사는 지역을 말씀해 주시면 시간과 장소를 알려드릴게요.]

사는 지역을 말하자 집 근처의 역으로 다음 날 아침 7시까지 나오라는 문자를 받았다.

나는 짐을 싸기 시작했다. 옷이 몇 벌 없어 위아래 3벌씩만 챙기고 속옷을 넣었다. 칫솔도 챙겼다. 엄마와 아빠에게는 잠시 머리를 식힌다고 말해두었다. 엄마는 오래간만에 나가는 아들의 외출에 불안해하면서도 들떠있었다. 어디를 가든지 집 밖을 나가는 게 좋아 보였나 보다. 아빠도 마찬가지로 좋아했다. 집구석에 처박혀 있던 아들놈이 나간다고 하니 반가워 보였다.

아침에 일어나 집 근처 역으로 나갔다. 아침밥도 먹지 않았다. 막상 가려고 하니 겁이 났다. 사기를 당하는 것이 아닌가. 어디 인신매매를 하는 조직이지 않을까. 무서웠다. 하지만 나는 지금의 내 얼굴로 사는 것이 더 무서웠다. 그래서 나는 역으로 나갔다.

6시 30분에 역에 도착하니 아침에 출근하는 사람들로 가득했다. 누구 하나 바쁘지 않은 사람이 없었다. 사람들의 발걸음이 모여 만든 울림이 발바닥으로 전해왔다. 그 진동을 따라가니 회색 스타렉스 한 대가 내 앞에 섰다. 많은 사람 중 나만 우두커니 서 있으니 기다리는 사람이 나라는 것을 알았는지, 아니면 못난 얼굴을 보고 저 사람이겠거니 생각했는지 스타렉스는 내 앞에 정확하게 섰다. 어떠한 주저 없이 정차했다. 문이 열리고 나도 주저함 없이 차를 탔다.

차 안에는 운전자 말고 3명의 사람이 타고 있었다. 한 명은 맨 뒷자리에 나머지 두 명은 간격을 두고 두 번째 줄과 맨 앞 줄에 타 있었다. 스타렉스는 총 3줄의 좌석이 나누어져 있었기에 나는 한 사람과 같은 줄에 앉아야 했다. 나는 맨 뒤 좌석 구석으로 들어갔다. 좌석 한 칸을 두고 앉아 있는 남자는 머리를 창문에 기댄 채로 눈을 감고 자고 있었다.

차는 먼 길을 쉬지 않고 달렸다. 휴게소도 들리지 않고 한 번의 정차도 없이 달렸다. 빠른 속도로 달리는 차 안은 심하게 흔들렸다. 내 옆에 앉은 남자는 흔들림에 한 번씩 눈을 뜨고 주변을 살폈다. 나는 그의 눈이 나보다 못났다고 생각했다. 눈두덩이 내려와 동공은 보이지 않고 눈썹도 흐릿했다. 살집이 많은 것은 아니었지만 얼굴에 유독 살이 몰려 있었다. 이목구비가 살로 인해 구분 지을 수 없었다.

앞에 앉은 두 여자도 아무 말 없이 창밖으로 보이는 도로와 차들만을 관찰했다. 그들도 나와 같이 말이 없었다. 태어나 누구와도 말을 이어 나가 본 적 없는 듯한 느낌을 주었다. 뒤통수만 보였지만 얼굴이 못났음이 느껴지는 듯했다. 그들 또한 자신의 외모로 따돌림받고 자신만의 공간으로 지금까지 숨어들어 가 있었을 것이다.

나는 아침도 먹지 않아 빈속에 멀미감이 들었다. 울렁거림이 멈추지 않았다. 금방이라도 차 바닥에 토를 하고 싶었다. 가져온 가방에 토를 할 수도 없었다. 가방 안에 든 짐들이 100일 동안 내가 사용해야 할 옷과 물건들이기에 그것 위에 토를 할 수 없었다. 나는 일말의 희망으로 운전자에게 말을 걸었다. 맨 뒷자리여서 한 번에 내 부름을 듣지 못했지만 잠시 차가 정차하는 시간에 운전자는 뒤를 보았다. 남자는 커뮤니티 글에서 본 사진과 같은 뚜렷한 이목구비를 가지고 있었고 '어디 불편하세요?'라고 묻는 목소리도 굵고 부드러웠다. 앞에 앉은 두 여자는 그를 보고 눈을 떼지 못했다. 나도 마찬가지였다. 그의 갑작스러운 등장에 나는 멀미를 잊어버렸다. 대충 얼마나 남았냐고 물었다. 그는 이제 곧 도착이라고 답하고 다시 운전에 집중했다.

'쑥과 마늘'이라는 단체에 대해서 믿음이 생겼다. 차 안에 모두들 가지고 있던 불신이 사라졌다. 우리는 어떤 희망이 생겨났다. 얼굴을 정말 바꿀 수 있다는 믿음이 들었다.

오후 1시가 되어서야 우리는 도로가 끝나는 산 입구에 내렸다. 도로는 가위로 재단한 듯이 뚝 끊겼다. 운전사는 우리에게 따라오라고 말하고 산을 올랐다. 우리도 그의 뒤를 따랐다. 1시간 정도를 올랐을까 동굴이 하나 보였다. 자연적으로 생성된 동굴이지만 3m 되는 동굴의 입구는 누군가 정돈한 듯 각이 서 있었다. 우리는 그 동굴 안으로 들어갔다.

동굴 안은 시원하다 못해 추웠다. 눅눅하고 차가운 공기가 얼굴로 밀려와 코끝이 시렸다. 10분을 걸어가자 복도처럼 양옆에 전구들이 달려있었다. 전구 옆에는 나무로 된 문이 있었는데, 마치 호텔 방을 찾아가는 듯한 느낌을 주었다. 끝도 없는 문들이 나열된 복도는 더 깊은 곳일수록 좁아졌다. 뒤를 돌아보자 갈 곳이 더 먼지, 왔던 길이 더 먼지 구분할 수 없었다. 앞뒤로 보이는 입구와 복도의 끝은 작은 점이 되어갔다.

운전사는 멈춰서 두 여자를 먼저 방 안으로 안내했다. 두 여자는 아무런 설명이 없는 것에 의아해했지만 동굴 안으로 들어오며 어느 정도 평범한 곳이 아니라는 것을 인지한 듯이 아무 말 없이 같은 방으로 들어갔다. 나는 내 옆에 남자와 방을 같이 쓰겠구나 생각했다.

우리는 조금 더 걸어가 방으로 들어갔다. 보아하니 여자 방과 남자 방이 나뉜 듯했다. 어느 지점을 넘어오자 남자 기숙사 특유의 퀴퀴한 냄새가 났다. 운전사는 방문 앞에 다시 서서 우리를 안으로 들여보냈다. 우리는 질문 없이 방으로 들어갔다.

방은 모텔방 크기의 침대가 두 개가 있었고 브라운관 TV 하나가 탁자 위에 놓여 있었다. 창문은 당연히 없었다. 영화 〈올드보이〉에서 오대수가 이런 방에 갇혀있었던 것 같은데… 그것보다 상황은 안 좋았다. 오대수는 혼자였지만 나는 옆에 나만큼 못생긴 남자와 함께 100일을 지내야 했다.

남자와 나는 브라운관 TV 옆에 적힌 규칙을 읽었다. 얇은 보드에 코팅된 규칙 판은 오래된 듯 모서리에 곰팡이가 피어있었다. 규칙은 이렇다.

- 방을 절대로 나가서는 안 된다
- 정해진 시간에 식사가 제공되며 다른 음식물을 섭취하면 안 된다
- 입실 이후 10분 내로 모든 소지품을 방문 앞에 두어야 한다
- 그 외의 설명은 오전 11시에 TV를 통해 방송된다(채널 0번)

짧은 글을 반복해 다시 읽었다. 놓친 것이 없는지 각각의 규칙이 무엇을 의미하는지 생각하며 읽었다. 방문에 걸린 시계를 보니 오전 10시 50분을 가리키고 있었다. 나는 얼른 가져온 가방을 가지고 문을 열었다. 옆으로 이어진 복도를 보니 문 앞에 캐리어와 각종 가방들이 쭉 이어져 있었다. 건너편 방은 큰 캐리어가 두 개가 놓여있었다. 나는 내 가방을 문 앞에 두고 방에 남은 남자를 쳐다보았다. 가방을 내놓으라는 눈치를 주었지만, 그는 가만히 규칙을 읽고 화장실의 수압을 확인하고 있었다. 시간은 55분을 가리키고 있었고 나는 조바심이 났다. 규칙을 그렇게 읽은

사람이 가방을 내놓지 않는 것이 화가 났다. 글을 읽을 줄 몰라 한참을 쳐다보았던 것일까. 나는 화장실로 가서 물을 틀어보는 그를 뒤로하고 그의 가방을 찾아보았다. 침대에도 가방이 없었고 그가 가지고 있지도 매고 있지도 않았다. 그는 짐을 들고 오지 않았던 것 같았다. 나는 혹시나 하는 마음에 좁은 방 안을 찾아보았지만 아무런 짐도 보이지 않았다.

그렇게 오전 11시가 되었다. 나는 TV를 켜고 채널 0번을 맞췄다. 브라운관 특유의 정전기가 이는 소리가 들렸다. 남자도 어느새 침대에 걸터앉아 TV를 보고 있었다.

TV 화면에는 유명한 남자배우 한 명과 여자 배우 한 명이 말끔하게 차려입고 나왔다. 나는 시상식을 틀어둔 줄 알고 채널을 확인했지만 채널은 0번밖에 없었다. 나는 그 두 배우를 본 적이 있다. 요즘 드라마로 핫한 배우들이었다. 그전에 어느 작품도 나오지 않은 신인들이었기에 그들의 새로운 얼굴과 분위기는 대중들의 마음을 사로잡았다. 두 배우가 말을 시작했다. 먼저 남자 쪽이 운을 뗐다.

"안녕하십니까 여러분. 제 얼굴을 아시는 분도 있으실 테고 모르시는 분도 계실 겁니다. 아시는 분이 대부분이겠지만요. '쑥과 마늘'에 들어오신 것을 환영합니다."

옆의 여자 배우가 다음 말을 이었다.

"반갑습니다 여러분. 저도 오랜만에 이곳에 오니 옛날 생각이 나네요. 여러분이 여기 오신 이유가 무엇인지 저희는 알고 있습니다. 저도 그 때문에 이곳을 찾아왔었죠."

"배우님이 그랬다고요? 믿을 수가 없네요. 사실 저도 그렇지만요."

곧이어 화면에 두 남녀 사진이 올라왔다. 사고를 당한 것이 아니지만, 얼굴에 아무런 흉터가 없어도 봐주기 힘들 만큼 못생긴 사진이었다. 그 자체가 흉터였다. 남자 배우는 자신의 얼굴을 손으로 훑으며 말했다.

"이게 저희라고요? 믿을 수가 없네요. 여러분도 안 믿기시죠? 요즘 기사에 성형 의혹이라든지 학교폭력 논란이라든지 시끌시끌하던데 제가 볼 때는 웃기더라고요. 그런 얼굴로 어떻게 학교폭력을 한다는지, 당한다면 모를까. 그리고 성형으로 고쳐질 얼굴이 아니었죠."

여자 배우는 남자 배우의 어깨를 가볍게 두드리며 말했다.

"저런 얼굴로 사시느라 고생하셨겠어요. 인사말이 너무 길어졌네요. 본론으로 넘어가겠습니다. 여러분 모두 단군신화 아시죠? 모르셔도 괜찮습니다. 어차피 몰라도 상관없거든요. 그래도 중요한 이야기이니 간단하게 핵심만 이야기하겠습니다. 곰과 호랑이는 인간이 되기 위해 환웅을 찾아갔습니다. 환웅은 굴에 들어가 100일 동안 햇빛을 보지 않고 쑥과 마늘을 먹으면 인간이 될 수 있다고 말하죠. 호랑이는 참지 못하고 굴에서 나왔고 곰은 100일을 견디며 인간이 됐습니다. 저희도 이런 방식으로 여러분을 인간으로 만들어줄 수 있습니다. 대신 쑥과 마늘을 먹어야 하죠. 그 정도는 여러분이 살아온 인생보다는 덜 쓸 겁니다. 저도 아직도 입에서 쑥과 마늘 냄새가 나는 것 같아요."

남자 배우가 손을 모아 자신의 입에 가져다 대고는 자신의 입냄새를 체크하며 말했다.

"저도 그렇네요. 하지만 이것보다 쉬운 일이 어디 있나요? 인간이 될 수 있게 해준다는데. 여러분도 곰처럼 100일 동안 방에서 쑥과 마늘을 드시면 됩니다. 얼마나 쉬워요? 100일이 너무 길다고 느끼실지 모르겠지만, 100일 동안 여러분이 하실 일이 있습니다. 자신이 어떤 얼굴을 가진 인간으로 다시 태어나고 싶은지 생각하시면 됩니다. 100일째 되는 날 여러분이 떠올리는 얼굴로 바뀌어 있을 거예요. 그 순간을 위해 머릿속으로 자신의 얼굴을 빚어보세요. 쌍꺼풀이 있는지 없는지, 코는 높은지, 보조개는 있는지 없는지, 턱은 갸름한지 아닌지 자유롭게 상상하세요. 그것이 당신의 얼굴이 될 겁니다."

"신중하게 선택하세요. 한번 바꾼 얼굴은 절대로 되돌릴 수 없으니까.

쑥과 마늘을 평생 먹는다고 해도 바꿀 수 없습니다. 마지막으로 이번에 들어오신 분들에게는 단기간 프로그램을 할인가에 모시겠습니다. 3천만 원이면 100일 기간을 단 3일로 바꾸어 드립니다. 단, 되시고 싶으신 얼굴을 결정하신 분만 신중하게 신청해 주세요."

"3일이면 정말 짧아졌네요. 저희처럼 입에서 쑥과 마늘 냄새가 나지 않겠어요."

"그렇죠! 그럼 모두 사람 돼서 나갑시다!"


TV는 지지직 소리를 내며 회색 화면으로 바뀌었다. 나는 내가 보고 들은 것을 믿을 수 없었다. 옆에 앉은 남자도 그런 눈치였다. 그건 그렇고 3일 만에 얼굴을 바꿀 수 있다니 괜찮은 조건이었다. 100일 동안 방에 갇혀 쑥과 마늘을 먹는 것만으로도 괜찮은 조건이었지만 그렇게 오래 기다리기 싫었다. 나는 당장이라도 내 얼굴을 바꾸고 싶었다. 옆에 남자도 같은 생각을 하고 있을까? 반응을 보기 위해서 남자를 쳐다보았다. 그의 옆모습은 입체적인 부분이 보이지 않았다. 코는 눌러앉았고 주둥이가 나온 것이 인간이 아닌 쥐 같은 모습을 하고 있었다. 쥐가 분명하다. 그는 쥐를 닮았다. 아주 약삭빠른 쥐새끼다. 그는 쥐새끼다.


쥐도 나를 본다. 어느 동물을 닮았을지 떠올리는 듯이 얼굴 구석구석을 들여다본다. 쥐의 눈에 나는 무엇일까. 쥐의 입으로 듣고 싶다. 내가 어떤 동물인지. 내 마음을 알아주었을까 쥐가 입을 연다.

"찍!"

쥐는 나에게 쥐의 언어로 말을 걸어왔다. '찍' 소리가 날 뿐이지만 나는 어느 정도 그 소리의 뜻을 알 수 있었다. 인간의 말로 하자면 자신은 3천만이 없다는 소리였다. 그건 나도 마찬가지였다. 이곳에 들어오기 위해 전날 밤 3천만 원을 입금한 상태였고 남아있는 돈은 3천만 원이 아니라 3천 원도 있지 않았다. 우리는 100일 동안 같이 지내야 하는 운명이었다. 그렇지만 97일을 먼저 나간다고 하여도 달라질 것은 없었다. 97일 동안 내가 가지게 될 얼굴을 더 완벽하게 조각하는 일은 중요하다. 예술 작품을 만들듯이 고치고 고쳐도 부족할 수도 있다. 평생 후회하지 않도록 완벽한 얼굴을 만들어야 한다. 그것이 100일의 시간을 주는 이유였다. 누군가 3천만 원을 주고 97일을 먼저 나간다고 한들 그것이 의미가 있을까? 그 사람은 잠시 행복하겠지만 매일 거울을 보며 자신이 놓친 부분들에 대해 후회할 것이다. 옆에 있는 쥐도 같은 생각인 듯했다.

나는 방을 같이 쓰는 남자를 쥐라고 불렀다. 그에 대해 나쁜 감정을 가졌다기보단 그와 이야기를 나누지 않았고 통성명도 하지 않았기에 마음속으로 부를 이름을 지어주었다. 쥐와 아무런 교류 없이 일주일을 지내는 것은 힘들지 않았다. 우리 둘은 각자의 생활에 간섭하지 않았다. 오히려 혼자인 편이, 말하지 않아도 되는 편이 나와 그에게도 편했다. 생활이라고 해봤자 쑥과 마늘을 먹는 일과 서로 자신이 얻게 될 얼굴을 떠올리는 것뿐이었다.

　쥐와의 생활보다 힘든 것은 쑥과 마늘을 먹는 것이었다. 쑥과 마늘은 하루에 두 번 배식되었다. 문 아래 뚫린 작은 배식구로 들어온 쑥과 마늘은 아무런 조리도, 심지어 씻겨있지도 않았다. 흙도 묻어있었다. 쥐와 나는 첫날 쑥과 마늘을 입에 욱여넣었다. 빈속이라 그런지 속이 쓰렸고 숨을 쉴 때마다 코로 매운 향이 올라왔다.

　쑥이 마늘보다 먹기 편했기에 나는 쑥을 먼저 먹었고 그다음 마늘을 먹었다. 쥐는 나와 반대로 힘든 마늘을 먼저 먹고 쑥을 먹었다. 누가 더 나은 방법이라고 할 수 없었다. 모두 먹어야 할 쑥과 마늘이었기 때문이다. 쑥과 마늘의 양은 그다지 많지 않았다. 마늘 두 통과 쑥 한 움큼 정도가 한 번의 식사에 들어왔다. 하루에 마늘 네 통과 쑥 두 움큼. 그것을 먹고 100일 동안 버티라니 기가 찼다. 왜 3천만 원에 97일을 줄여주는지 알 것 같았다. 97일은 생존의 문제였다. 인내심이 부족한 누군가가 사는 사치품이 아니었다. 배가 고팠다.

　쥐와 이야기를 나눈 것은 일주일 후 첫 배식 시간이었다. 오전 10시에 쑥과 마늘이 들어왔고 마늘을 먼저 먹던 쥐가 말을 걸었다.

　"그쪽과 이야기를 하지 않고 지내려 했지만 아무 말 하지 않고 남은

93일을 지내기는 어려울 것 같네요. 서로 이야기를 나누는 것이 도움이 되지 않는다는 건 알지만….”

쥐가 먼저 말을 걸어주기를 기다리고 있었다. 혼자 방에 갇혀 말을 하지 않은 시간이 한 달이 넘을 때도 있었지만 방 안에는 인터넷이 있었기에 말을 하지 않아도 외롭지 않았다. 하지만 인터넷도 되지 않으니 미칠 지경이었다. 90일 넘는 시간 동안 쥐와 이야기하지 않고 무시하며 지내기도 버거웠다. 무엇보다 심심했다.

“괜찮습니다. 저도 한마디 말도 안 하고 어떻게 버티나 했는데 통성명이라도 할까요?”

“이름을 굳이 밝히지 않는 게 좋을 것 같아요. 실명을 알고 있으면 이곳을 나가고 나서 좋지 않을 것 같아요. 혹시 띠가 어떻게 되세요?”

“저는 원숭이띠입니다.”

“그럼 원숭이라고 부를게요. 저는 쥐띠에요. 쥐라고 불러주세요.”

쥐띠라니, 얼마나 잘 어울리는 띠인가 생각했다. 쥐와 원숭이면 나이 차이가 꽤 났다. 나보다 8살은 어려 보이지 않았으니 8살 많은 것이 분명했다. 쥐도 모르는 눈치가 아니었다. 쥐는 다음 말에 바로 말을 놓았다.

“어쩌다 여기로 오게 된 거야?”

기분이 좋지 않았지만 93일을 같이 지내야 할 쥐와 어색하게 지내고 싶지 않아 넘어갔다.

"쥐 님과 비슷한 이유로 들어오게 되었습니다. 잘 아실 텐데."

나도 모르게 말에 날이 서 있었다. 쥐도 지지 않고 받아쳤다.

"원숭이가 말하는 이유를 잘 모르겠는데?

쥐는 씩씩대며 등을 돌렸다. 그의 등은 한껏 굽어있어 네 발로 기어다니는 짐승처럼 보였다. 나는 그와 비슷한 뒷모습을 본 적이 있었다. 쥐는 등을 내보인 채 아무 말도 하지 않았다. 언제 다시 말을 걸어올지는 알 수 없었지만, 그의 등이 불러온 추억을 되짚어보기에는 충분한 시간이 필요했다. 괜찮다, 시간은 많으니까.

등이 앞으로 끝도 없이 굽어 이마와 내성 발톱이 생긴 엄지발가락이 만날 것 같은 사람. 그의 별명은 '꼽추'였다. 초등학생 6학년 때 만난 꼽추의 존재는 나도 알고 있었다. 입학하자마자 그는 못생긴 외모로 유명세를 치렀다. 눈덩이가 내려와 보이지 않는 눈동자와 등이 굽어 키는 또래들의 허리춤에 왔다. 턱은 가슴뼈에 붙어있으며 날개뼈가 심하게 도드라져 보였다. 초등학생들이 '꼽추'라는 캐릭터를 어떻게 알았는지, 누군가의 입에서 시작되었는지 알 수 없었지만 '꼽추'라는 그 별명은 더할 나위 없이 그에게 알맞았다. 아이들이 '꼽추'라는 남자의 외형을 정확히 알지 못했지만 '꼽추'라는 발음이 '고추'와 비슷했기에 생김새를 몰라도 놀리기에 충분한 별명이었다. 그는 '꼽추'보다는 '고추', 그보다는 '꼬추'라고 불렸다.

'꼬추'는 초등학교를 다니는 6년 동안 그 별명을 달고 살았다. 그와 같은 반이 된 6학년 때는 그를 '꼬추'라고 부르는 선생님도 있을 정도였다.

그와 같은 반이 된 6학년 어느 날에는 아이들이 졸업을 맞이해서 앙케이트 투표를 진행했다. 먼저 결혼할 것 같은 사람, 돈을 많이 벌 것 같은 사람, 잘생긴 사람, 이쁜 사람, 키가 클 것 같은 사람, 못생긴 사람. 나도 못생기긴 했지만 꼬추에 가려져 내 얼굴이 보이지 않을 뿐이었다. 꼬추는 언제나 굽은 등으로 바닥을 보고 다녔기에 내 얼굴도 보지 못했다. 나 또한 그의 얼굴을 쉽게 볼 수 없었다. 하지만 그도 느낌적으로 알고 있었다. 내가 그와 비슷하다는 것을, 그저 다른 점이라 하면 나의 등은 굽이 않았다는 점뿐이었다. 굽은 등만이 우리를 구분 짓는 하나의 특징이었다.

앙케이트 투표를 하며 아이들은 사뭇 진지하게 고민했다. 어떤 친구들은 좋아하는 이성 친구에게 기분 좋을 질문들에 투표하였다. 질문에 대한 등수가 3등까지 표시되었기에 중복되는 친구들이 몇 보였다. 대부분 인기가 많은 친구들이었다. 외모가 괜찮은 친구들이었고, 재미있는 친구들이었다. 나도 투표를 했고 못생긴 사람이란 질문에 꼬추를 투표했다. '꼽추'도 아닌 '꼬추'라고 쓰고 이름 주변을 자로 함부로 찢어내 모서리에 잔털들이 박힌 작은 종이를 투표함에 넣었다.

반장과 부반장 그리고 반에서 입지가 강한 아이들이 투표용지를 걷어 못생긴 사람이라는 질문에 대한 투표용지를 개표했다. 당연히 꼬추가 1등이겠거니 생각했다. 6년 내내 그렇게 생각했고, 모두가 동의하고 있었다. 심지어 일부 선생님까지. 그러나 투표용지를 하나씩 열어보는 5명의 친구들은 재미있는 듯 웃으며 떠들었다. 투표용지에는 꼬추라는 이름이 당연히 적혀있을 것인데 무엇이 재미있는지 의문이 들었다. '꼬추'라는 단어가 적힌 것이 재미있는 것인지 아니면 다른 사람의 이름이 적혀있어서 재미있는 것인지. 나는 불안해지기 시작했다. 혹시나 내 이름이 적혀있는 것이 아닌가 싶었다. 뒷자리에 앉은 꼬추를 한번 보았다. 그는 아무런 움직임도 없이 의자에 앉아있었다. 등이 굽어 의자에 앉아도 책상 위로는 몸의 어느 부위도 보이지 않았다. 척추뼈와 날개뼈가 솟아오른 것이 조금 들썩거릴 뿐이었다.

꼬추의 날개뼈가 다시 솟아올랐을 때 앞에서 소란스러운 소리가 들려왔다. 칠판에 반장에 결과를 적고 있었다. 못생긴 사람이라는 앙케이트에 이름이 올라간 것은 두 글자인 '꼬추'가 아닌 세 글자의 이름이었다.

나는 꼬추의 본명일 것이라고 생각했다. 그러지 않으면 안 됐다. 하지만 칠판에 적힌 이름은 익숙했다. 내 이름이었다. 부모님이 지어준 이름 석 자가 칠판에 적혀있었다. 아이들은 모두 나를 보고 웃었다. 무엇이 그렇게 웃긴지 반이 떠나가라 웃었다. 나만 웃을 수 없었다. 다시 뒤에 앉은 꼬추를 보았다. 꼬추의 얼굴은 책상 밑에 처박혀있었지만 나는 그의 미소를 볼 수 있었다. 그의 웃음소리를 들을 수 있었다. 그는 나를 비웃고 있다. 자신의 승리를 만끽하고 있다. 나는 참을 수 없었다. 그의 비웃음을. 다른 이들의 비웃음은 괜찮았지만 그의 비웃음은 참을 수 없었다. 그는 나를 비웃을 자격이 없었다. 아니 나를 쳐다볼 자격도 없었다.

분함에 눈물이 고였다. 나는 아른거리는 시야로 꼬추를 쏘아보았다. 눈을 깜빡이지 않았다. 눈물이 흐를 것 같았다. 흐르는 눈물을 꼬추에게 보이고 싶지 않았다. 꼬추는 그런 내 눈물을 보려는 듯이 천천히 굽은 등을 폈다. 뼈가 부서지는 소리가 났던 것 같기도 했다. 꼬추는 오랫동안 굽은 등을 펴는 데 오랜 시간이 걸렸다. 나는 숨죽여 그 모습을 보았다. 적어도 10년을 굽은 등을 피고 고개를 들려면 그 정도의 시간이 걸릴 것이었다. 꼬추는 천천히 등을 피고 고개를 들어 나를 쳐다보았다. 그는 나의 얼굴을 확인하고는 웃었다. 미소를 보였다. 못생긴 얼굴로 웃었다.

학교를 졸업하고 꼬추를 다시는 보지 못했다. 다른 지역으로 이사를 갔는지, 금세 아이들의 기억 속에서 잊혀갔다. 가끔 들려오는 소문으로는 내 얼굴을 확인하기 위해 등을 세운 이후로 다시는 등을 굽히지 않았다고 했다. 내 덕분인지 (소문으로) 꼬추는 등을 펴고 고개를 들고 살아가기 시작했다.

다시는 기억하지 않은 것이라 다짐했고 잊었다고 생각했지만 내 앞에 등을 굽힌 쥐를 보니 내 등도 같이 굽어갔다. 얼굴을 들 수 없었다.

나는 꼬추에 대한 생각으로 하루를 보냈다. 하루에 두 번 들어오는 쑥과 마늘은 열심히 먹었다. 며칠이 지났는지 모르겠지만 어느 날 쑥과 마늘이 1인분만 배식되었다. 당황한 나와 달리 쥐는 이유를 알고 있는지 굽은 등으로 방을 나갔다. 방을 나가면 안 된다는 것을 알았지만, 쥐는 이미 규칙을 어겼기에 쑥과 마늘이 나오지 않았다는 것을 알고 있었다. 포기했든가, 쑥과 마늘만 먹다 아사했든가, 위장병에 걸렸든가.

쥐가 떠나고 다른 누군가 방 안으로 들어오지 않았다. 자연스럽게 나는 말을 걸 상대가 없었기에 생각에 잠겼다. 꼬추 생각에 잠겼다. 그가 허리를 곧게 세운 날부터 어떻게 살아왔을지 생각했다. 시간 감각이 둔해지고 쑥과 마늘이 들어오면 손에 집히는 대로 먹었다. 쑥 다음에 마늘을 먹기도 했고 마늘 다음 쑥을 먹기도 했고 번갈아 가며 먹기도 했다.

그날 일을 생각할수록 내 등은 더욱 굽어갔다. 부끄러움과 수치심에 고개를 들 수 없었다. 그가 나보다 괜찮은 점이 없다는 것을 확인하려고 그의 얼굴을 더욱 생생히 떠올렸다. 하루는 눈을 감고 하루 종일 떠올렸다. 꼬추의 눈을 떠올렸고, 코를 떠올렸고, 입을 떠올렸다. 도드라진 광대를 생각했고, 눈썹과 얼굴의 솜털을 생각했다. 굽은 등을 기억해 냈고, 솟은 날개뼈와 등뼈를 생각했다. 떡 져서 더러운 머리카락을 만들었고 냄새도 맡았다. 그는 실제보다 내 상상 속에서 더 비참한 꼴이 되었다. 나보다 못 생겨야 했다. 그는 정말 꼬추가 되어야 했다. '꼽추'가 아닌 남성의 성기가 되어 나보다 못나야 했다. 사람이 아니어야 했다. 짐승도 아니어야 했다. 그는 살아있는 꼬추가 되어야 했다.

등이 완전히 굽어 내 성기 부근에 이마가 닿았다. 나는 꼬추 생각에서 벗어날 수 없었다. 눈을 떠도 꼬추가 보였고 머릿속에는 꼬추의 얼굴이 그려졌다. 등이 굽은 채로 쑥과 마늘을 먹기 어려웠다. 목구멍으로 넘어간 쑥과 마늘은 목에 걸려 향이 올라왔다. 구역질이 났지만 오기로 씹지 않고 삼켜냈다. 나는 꼬추보다 못생긴 채로 살아갈 수 없다.

쑥과 마늘을 더 이상 먹을 수 없을 것 같다고 생각이 든 날. 내 바람과 같이 쑥과 마늘이 들어오지 않았다. 마지막 날 밤이라는 뜻이었다. 규칙을 어긴 것이 없었기에 그것이 당연했다. 나는 머리털이 곤두서는 것을 느꼈다. 내 머릿속에는 꼬추의 얼굴밖에 없었다. 다른 것은 떠올릴 수 없었다. 내 얼굴도 떠올릴 수 없었다. 머리가 멍했다. 마지막 쑥과 마늘을 먹지 말았어야 했다. 하지만 날짜를 확인할 수 없었다. 등이 완전히 굽어 허리를 펴서 어떠한 것도 확인할 수 없었다. 나는 방을 나가려 했지만 그 것마저도 불가능했다. 굽은 등을 가진 채로 걷기가 힘들었다. 걷기 위해 무릎을 굽히면 이마에 무릎이 닿았다. 무릎이 이마를 치며 몸은 중심을 잃고 쓰러졌다. 기어갈 수 있다 해도 일어설 수 없었다. 방 문고리가 손에 닿지 않았다.

　나는 침대에 걸터앉은 채로 내 꼬추를 바라보았다. 정말 답이 없었다. 볼 수 있는 것도 꼬추뿐이고 떠올릴 수 있는 것도 꼬추뿐이었다. 눈에서 고인 눈물이 떨어지는 것이 느껴졌다. 뜨거웠다.

　밤새 꼬추 생각을 머리에서 떨쳐내려 했지만 잊으려 할수록 더욱 생생하게 떠올랐다. 사람에게 코끼리를 떠올리지 말라고 한다면 질문을 듣는 순간 그럴 수 없게 된다. 나도 마찬가지다. 인간이기에 생각을 부정할 수 없다.

　나는 굽은 등으로 거울도 보지 못한 채 밤을 보냈다. 얼굴이 바뀐다는 것이 거짓이기를 바라면서 눈을 감았다. 꼬추의 얼굴이 보였다. 내 꼬추가 보였다. 떨쳐낼 수 없는 순간을 기억하며. 꼬추가 굽은 등을 펴 웃던 순간을 생각하며.

# 이름

    자신의 이름도 잊은 채 남자는 잠에서 깨어났다. 작은 원룸에서 일어난 그는 처음 느껴보는 개운함에 기분이 좋아졌다. 몸은 가벼웠고, 머리는 맑았다. 남자는 침대에 누운 채 방 안을 살펴보았다. 기본적인 가전제품과 가구들만이 작은 방을 가득 채우고 있었다. 옵션으로 들어있는 냉장고와 그 위에 전자레인지, 쉰내 나는 침대와 붙박이장 하나. 침대에서 일어난 남자는 땀에 젖은 옷을 벗어버리고 옷장에서 새 옷 하나를 갈아입었다. 작은 창밖으로는 건물의 층수보다 높은 붉은 벽돌 벽이 하늘을 가리고 있었다. 구름이 많은지, 비가 오는지, 맑은지 남자는 고개를 내밀어 하늘을 보았다. 약간의 구름이 있었다. 바람이 불지 않는지 구름은 정지한 채 그 자리를 지켰다.

    허기가 느껴지지 않았지만 남자는 심한 갈증에 냉장고를 뒤졌다. 맥주 말고는 말라비틀어진 마른오징어들이 있었다. 남자는 맥주 캔 하나를 따서 단숨에 마셨다. 탄산이 세지 않아서 목 넘김이 좋았다. 빈속에 들어간 맥주에 금세 취기가 올라왔다. 남자는 이제 자신이 누군지 천천히 생각해 보았다. 지갑 속 신분증을 확인하거나, 휴대폰을 확인하면 빠르겠지만 자신을 담고 있는 모든 것들은 사라져 있었다. 신분증은 없지만 약간의 현금이 있었다.

　기억이 없다. 자신이 누군지, 이름이 무엇인지 몰랐다. 잠시 잊은 것이 아닌 기억이 사라졌다. 어린 시절의 추억도 없었으며, 최근의 기억도 없었다. 기억이 완전히 사라졌다. 치매가 있었다면 먹는 약이라도 남겨져 있었을 텐데 흔한 진통제 하나도 보이지 않았다. 남자는 거울로 자신의 얼굴을 확인했다. 덥수룩한 깎이지 않은 수염이 턱 주변을 덮고 있었다. 그래도 수염으로도 젊은 얼굴은 숨길 수 없었다.

　남자는 일어났을 때 개운함을 의심했다. 하룻밤만 잠든 것이 아닐 수 있었다. 하루가 아닌 이틀? 이틀도 아니라면 일주일을 잠들어 있었을 수도 있었다. 어떤 병이 있는 것이 아닐까? 아니면 약물에 취해, 술에 취해 잠이 든 것이 아닌가. 그 모두 가능성이 있었지만 숙취도, 금단 증상도 나타나지 않았다. 오히려 머리가 맑았고, 무엇이든 할 수 있다는 자신감을 느꼈다. 기억은 없었지만 몸으로 기억할 수 있는 필수적인 것들은 기억했다. 예를 들어 면도를 할 수 있었고, 샴푸로 머리를 감을 수 있었다. 빨래를 돌릴 수 있었고, 옷을 갤 수 있었다. 말도 할 수 있었으며, 간단한 노래도 흥얼거렸다. 보았다고 판단되는 영화나 책들의 전체적인 내용과 분위기를 알고 있었다.

남자는 답답한 방에서 나와 집 근처를 산책했다. 오랫동안 잠들었다면 비타민 D가 부족할 것이라 판단했다. 햇빛을 받으며 거리를 걸어 나갔다. 도심에서 떨어진 동네인 듯 높은 건물들은 보이지 않았다. 오래된 교회들이 보였고, 편의점이 아닌 구멍가게들이 일정한 간격을 두고 있었다. 도로는 넓었지만 차는 많이 다니지 않았다. 간간이 지나가는 차들은 모두 짐을 싣고 다니는 화물트럭들이었다. 사람도 많이 보이지 않았다.

남자는 오늘이 주말이라고 생각했다. 날씨 좋은 봄날 주말을 맞이해서 도심으로 놀러 갔다고 생각했다. 가게들도 대부분 문이 닫혀있었다. 남자는 그렇게 길을 따라 걷다가 구멍가게 한 군데로 들어갔다. 목이 마르기도 했고, 당이 떨어졌다. '동아 슈퍼'라는 구멍가게는 입구가 철창으로 막혀있었다. 남자는 철창을 옆을 밀고 안으로 들어갔다. 자물쇠로 잠긴 음료수 냉장고가 보였고 안쪽으로 좁은 가게가 보였다. 가게가 오래되어 천장에는 곰팡이가 피어있었다. 주인 없는 계산대 뒤로 가게에 딸린 5평짜리 방이 보였다. 브라운관 TV로 바둑 방송이 나오고 있었다. 남자는 브라운관 TV에서 나오는 정전기를 보았다. 눈으로 보아도 정전기가 난다는 것을 알 수 있었다. 남자는 그 감각과 기억이 전혀 다른 사람의 것이라고 판단했다. 자신은 기억하지 못하는 것을 기억하고 있는 자기 자신은 다른 사람이라고. 몸은 전 주인의 기억과 습관을 그대로 갖고 있는 것이라고.

그는 그전의 자신과 구분하기 위해 기억하지 못하는 자신을 여자라고 불렀다. 지금 자신과 성별도 다른 그녀가 가장 구분하고 자기 자신과 떼어놓기 편했다.

구멍가게로 들어오며 진열된 담배를 보며 흡연 욕구가 뻗쳤다. 그녀는 담배를 피우는 사람이었고, 몸에 담배 냄새가 짙게 베어있는 사람이었다. 과자를 좋아하는 편은 아니었지만 먹는다면 옥수수로 만든 과자만을 고르는 사람이었다. 혹은 그와 비슷한 과자여도 별로 상관하지 않는 사람이었다. 과자 대신 껌을 좋아했다. 껌을 씹으면서 피는 담배를 좋아했다. 껌의 종류만 바뀌어도 담배 맛이 달라진다며 신기해하는 사람이었다. 남자는 그런 그녀에게서 의식적으로 벗어나려 할수록 껌과 담배를 사고 싶어졌다. 남자는 일단 과일 맛이 나는 껌과 눈에 보이는 담배 하나를 골랐다. 그것은 의식을 놓고 몸을 따라가면 자신의 몸에 맞는 껌과 담배를 고를 수 있었다. 그녀가 주로 씹던 껌과 피던 담배임을 알 수 있었다. 남자는 계산대 뒤로 보이는 방으로 크게 가게 주인을 불렀다. 인기척이 들리지 않았다. 방 안에서 지지직거리는 브라운관 TV 화면만이 보였다. 가게 주인은 가게 문을 열고 들어왔다. 나이가 꽤 들어 보이는 할아버지였다. 남자는 그 가게 주인을 몰랐지만 알 수 있었다. 얼굴이 낯이 익었다. 할아버지도 남자의 얼굴을 아는 듯이 고른 껌과 담배를 계산대 뒤로 돌아가며 꺼내 주었다. 남자는 자신이 기억하지 못하지만 아는 사람을 만났다는 것이 불편했다. 아니 남자가 아닌 그녀가 알고 있는 사람을 만난다는 것이 두려웠다. 그녀가 알고 있거나 그녀를 알고 있는 사람들을 만난다면 남자는 그녀의 흉내를 내야 했다. 그 흉내를 내는 한 그녀에게서 절대로 벗어날 수 없다는 것을 남자는 알았다.

껌과 담배를 받고 가격에 맞게 현금을 내고 가게를 나왔다. 남자는 자신이 이 구멍가게로 들어온 것도 우연이 아님을 알았다. 두 다리가 익숙한 곳으로 남자를 이끌었던 것이었다. 남자는 두려웠다. 운명을 피할 수 없는 사람이 된 듯했다. 피할 수 없는 예언을 들은 오이디푸스처럼 남자는 자신의 행동이 모두 정해진 것에 의해 결정된다는 확신을 받았다. 자연스럽게 껌을 씹고 있는 턱과 피워본 적 없는 담배를 익숙하게 피는 폐는 남자의 확신을 못 박았다. 남자는 껌과 담배를 함께 하면서 맛이 좋다고 생각했다. 생각이 아니라 오랜 습관에서 생긴, 익숙함에서 오는 안도였다. 당과 니코틴은 혈관을 타고 뇌까지 이동해 남자를 차분히 만들었다.

남자는 자신을 알고 있지 않은, 그녀를 알고 있는 사람이 없는 곳으로 가고 싶었다. 익숙한 곳을 찾는 두 다리를 돌려 다른 방향으로 걸었다. 걸으며 눈으로 보고 싶은 것이 있더라도 고개를 반대로 돌렸고, 걷고 싶다고 생각이 들면 뛰기도 했다. 그것은 그녀가 몸에 새겨 놓은 습관을 버리는 일이었다. 남자는 그런 행동들을 하면서, 새로운 습관과 취향을 만들면서 의심했다. 그것도 그녀의 습관이 아니었을까. 항상 평소와 다른 행동을 하는 것을 좋아했던 것은 아니었을까. 남자는 알 길이 없었다. 기억은 사라졌고, 그녀를 찍어둔 사진과 영상도 없었다. 담배를 피우고 싶지도 않았다. 그래서 남자는 담배를 피웠다. 이번에도 껌과 함께 피고 싶었지만 껌을 씹지 않고 담배만 피웠다.

두 다리의 의지와 반대로 걷고 뛰자 도착한 곳은 집에서 꽤 떨어진 거리의 번화가였다. 1시간을 걸었을까, 남자는 어디 앉아서 쉬고 싶었다. 앉을 곳을 찾아 걷기 시작하자 자신의 또래로 보이는 남녀 한 쌍이 녹색 조끼를 입고 남자를 붙잡았다. 설문 조사를 하고 있다며 시간이 괜찮냐고 물어왔다. 남자는 얼굴 근육이 경직된 채 웃고 있는 그 둘을 밀치고 가고 싶었다. 된다면 다리를 걸어 넘어뜨리고 싶었지만 그녀의 의지인 것 같아서 시간이 괜찮다며 설문 조사에 응했다. 질문들은 단순했지만 남자는 그 질문들을 답하기 위해 거짓말을 지어내야 했다.

Q. 나이가 어떻게 되세요?

Q. 어디서 살고 계세요?

Q. 하시는 일은 무엇인가요?

Q. 좋아하는 노래는 무엇인가요?

Q. 취미가 어떻게 되세요?

Q. 좋아하는 색은 무슨 색인가요?

Q. 동물을 좋아하세요?

Q. 인생 영화가 있나요?

Q. 있다면 무슨 영화인가요?

Q. 애인이 있으시나요?

Q. 이상형이 어떻게 되세요?

⋮

Q 성함이 어떻게 되세요?


　남자는 어느 질문도 답할 수 없었다. 설문 조사를 하는 두 사람이 자신들이 어느 소속이고 무엇을 위해 설문 조사를 진행하고 있다고 설명해 주어도 그것마저 질문으로 들렸다. 질문을 듣고 생각나는 것들이 몇 가지 있었지만 남자는 그것들을 좋아하지도, 그것이 사실이라고 생각이 들지 않았다. 그냥 여러 선택지 중 하나일 뿐이었다. 설문 조사원들이 대답도 하지 않은 남자에게 고맙다며 공책과 볼펜 하나를 사은품으로 주었다. 남자는 제대로 된 답을 주지 못해 미안하기도 했지만 그들이 주는 사은품은 받아두었다.


　남자는 공책과 볼펜을 들고 근처 공원에 앉았다. 한편에 작은 놀이터가 있는 공원은 아이들로 복잡했다. 남자는 아이들을 피해 반대편 벤치에 앉았다. 남자는 그네를 타고 시소를 타는 아이들을 보며 자신도 어린 시절이 있었겠지 하고 생각했다. 그것은 당연했다. 성인이 되어서 태어나는 사람은 없었다. 모두 배 속에서 태어나 젖을 먹고 묽은 이유식을 먹고 단단한 과일들을 먹고 술을 마시며 커왔다. 남자는 그 자연의 섭리를 거스를 수 없었다. 그는 알에서 태어나지도 않았다. 배꼽은 그것을 증명해 주었다. 남자는 기억이 없는 자신의 어린 시절을 생각해 보았다. 아까 받은 공책에 어린 시절을 적기 시작했다. 아까 같은 설문 조사에 답만 할 수 있다면 그녀와 전혀 다른 자신으로 살아갈 수 있을 것 같았다.

　　나는 서울 외곽 작은 동네에서 태어났습니다. 외동아들로 평범한 가족과 평범한 친구들을 사귀며 자랐습니다. 엄하지 않은 부모님 아래에서 공부를 잘하지는 않았지만 사고를 치는 법이 없었습니다. 겁이 많기도 했고, 그런 친구들과 어울리는 것을 꺼렸습니다. 운동을 잘하는 편도 아니었습니다. 운동회 달리기 대회에서 6명 중에 3등을 하는 중간에 알맞은 아이였습니다. 그렇게 초등학교를 지났고 중학교와 고등학교도 비슷한 생활을 했습니다. 평범하다는 말이 어울리는 사람으로 자랐습니다. 그리고 지금은 자취를 하며 공부를 하고 있습니다. 대학을 목표로 하는 공부와 공무원을 목표로 하는 공부 중 고민하고 있습니다. 노래를 좋아하는 편은 아니지만, 공부를 하며 쉬는 시간에 최근 가장 인기 있는 차트 100을 듣곤 합니다. 담배는 피우지 않고 술도 좋아하지 않습니다. 취미는 딱히 없습니다.

기억하는 것이 없으니 자신이 살아온 시절을 지어낸다는 것은 어려운 일이었다. 남자는 초라한 일대기를 적으며 그래도 아까와 같은 설문 조사에 답할 수 있다는 자신감을 얻었다. 그렇지만 남자는 자신이 쓴 짧은 글에 중요한 것이 빠졌다는 것을 알았다. 남자는 이름이 없었다. 이름이 없는 사람은 없었다. 사람이 아니더라도 동물들에게도 이름이 있었다. 주인 없는 길고양이들은 나비라고 불렸으며 들개들은 똥개라고 불렸다. 식물들도 모두 자신의 이름을 가지고 있었다. 전 세계에 있는 같은 종류의 식물들은 못해도 잡초라는 같은 이름으로 불렸다. 살아있지 않는 무생물도 이름은 있었다. 냉장고들도 각자 자신의 모델명이 있었고, 작은 나사 하나도 불리는 이름이 있었다. 추상적인 개념도 이름을 붙이고 불렀다. 감정도 부르는 이름이 있었다. 분노, 슬픔, 기쁨, 환희, 후회. 이름이 없으면 존재하지 않게 된다. 그것을 입으로 부를 수 있어야 이해할 수 있다.

남자는 자신을 부르는 이름을 얻기를 원했다. 새로운 이름을 짓고 싶었다. 공책에 이것저것 적어보았다. 알고 있는 이름들을 나열해 보려 했지만 이름이 떠오르지 않았다. 이름으로 쓰기 애매한 단어들만이 떠올랐다. 남자는 앞에 보이는 아이들에게 가서 이름을 물었다. 그리고 이름들을 공책에 적어두었다.

재준, 재훈, 현서, 도원, 성민, 서현, 혁진, 영광, 민종, 우성, 진모, 도현

마음에 드는 이름이 없었다. 성별과 맞게 남자아이들의 이름을 물어보았지만 마음에 들지 않았다. 선택지가 너무 적기도 했고, 너무 성급하

게 정하기는 아쉬운 마음이 있었다. 남자는 일단 그들의 이름을 기억해 두고 다른 사람들의 이름을 더 찾기로 했다. 이름만 정한다면 남자는 기억하지 못하는 그녀를 몸에서 밀어낼 수 있을 것 같았다. 남자는 이름을 모으기 위해 이름이 모인 곳들을 찾기로 했다.

남자가 먼저 간 곳은 병원이었다. 10층은 돼 보이는 상가들 벽면에는 병원들의 이름이 적힌 간판이 보였다. 병원만 모아둔 상가에서 남자가 찾는 것은 병원 이름이 아니었다. 병원 이름에도 원장의 이름이 적혀있긴 했지만, 그것보다 병원 안에는 더 많은 이름들이 있었다. 남자는 먼저 정형외과를 들어갔다. 접수를 하지 않고 입구에 서서 모니터로 보이는 환자들의 이름을 보았다. 하지만 남자는 그곳에서 이름을 찾을 수 없었다. 이름 가운데는 *처리가 되어있었다. 이가 빠진 이름들뿐이었다. 간호사가 이름을 불러주었지만 정확한 발음을 듣기란 어려웠다. 하지만 환자들은 자신의 이름을 정확하게 듣고 진료실로 들어갔다. 그리고 다음 환자를 부르는 텀이 너무 길었고, 연령대가 높았기에 자신에게 어울릴 이름이 없다고 생각했다.

탁*숙

우*환

우*수

*

*

*

*

*

*


　　남자는 다른 병원도 들어갔다. 이비인후과, 가정의학과, 안과, 성형외
과들도 모니터에 뜨는 이름은 같았다.


　　***


　　남자는 병원 상가를 나와 다시 걸었다. 이름이 모여있는 곳을 생각해
보았지만 좀처럼 생각나지 않았다. 지나가는 사람들 가슴 한쪽에 명찰이
라도 달려있으면 좋을 것 같았다. 학생들 교복에는 명찰이 있지 않을까
했지만 그마저도 달려있지 않았다. 요즘은 교복에 명찰을 달지 않는 모
양이었다. 남자는 걸으며 아파트 단지 앞 현수막에서 사주와 함께 이름
을 지어준다는 작명소의 소개 글을 보았다. 이름이 운명을 정한다는 설
명과 함께 화장이 짙은 중년 여자가 한복을 입고 현수막 오른편에 프린
트되어 있었다.


　　돈을 지불하고 이름을 지을 만큼 성명학은 중요했다. 부모는 아이의

이름을 지을 때 뜻을 생각하고, 무슨 한자를 쓰고 그 한자들이 몇 획으로 구성되는지, 오행도 따져가며 짓는다. 그 이름 하나로 아이의 인생이 결정되는 양, 돈이 얼마가 들어도 지불하고 이름을 짓는다. 남자는 자신의 이름도 그 비싼 돈을 지불하고 짓고 싶었지만 가진 현금이 많지 않았다. 남자는 성명학에 대해 생각하다 문득 그녀의 본명이 궁금했다. 자신이 기억을 잃기 전 자신의 이름을 궁금해했다. 무슨 이름이었기에 자신이 지금 이름도 잊은 채 돌아다니는지 궁금했다. 잊을 망(忘)이 들어있을 것 같았다. 이름을 잊을 만큼 강력한 한자가 들어가야 했다. 아니면 잃을 실(失)이든가. 두 한자가 모두 들어갔다면 완벽했을 것이다. 망실 혹은 실망. 남자는 그 둘 중에 실망이라는 이름이 조금 더 마음에 들었다. 망실은 망한 것 같은 느낌을 주었고 어감도 좋지 않았지만, 실망은 망실보다는 어감도 괜찮고 있는 단어여서 익숙했다. 남자는 그래도 실망이라는 이름을 갖기는 싫었다.

걷던 남자는 시장에 도착했다. 시장 속은 주말이어서 번잡했다. 장을 열지 않았지만 그래도 가게들이 북적거렸다. 수산물 가게들이 나열된 곳에서 남자는 천장에 걸린 황태는 바람이 부는 방향으로 돌아가고 있었다. 그 아래는 얼음 위에 누워있는 명태들이 보였다. 남자는 명태의 이름들을 생각했다. 막 잡은 명태는 생태, 생태를 얼린 것은 동태, 말린 것은 북어, 황태, 깡태, 흑태, 백태, 코다리라 불렀고 낚시로 잡은 것은 조태, 그물로 잡으면 망태, 봄에 잡은 것은 춘태, 가을에 잡은 것은 추태, 어린 명태는 노가리라고 불렀다. 한 물고기의 이름이라기엔 너무 많았다. 남자는 명태가 부러웠다. 자신에게 이름 하나만 양보해 주면 어떨까 싶었다. 이왕이면 북어가 좋을 것 같았다. 남자는 북엇국의 맛을 기억하고 있었다. 술을 먹고 다음 날 아침에 먹는 북엇국을 좋아했다. 자신이 아니라 그녀란 것을 알았지만 상관없었다. 해장 북엇국을 싫어하는 사람은 없을 테니 그 정도 취향은 자신이 가져가도 될 것 같았다. 남자는 자신이 어떻게 명태의 이름을 잘 알고 있는지 놀랐다. 그 사실을 어디선가 보았을 것인데, 명태의 이름을 알려준 곳이라면 그곳에는 다른 이름도 많을 거라 생각했다.

책이었다. 책 속에서 명태의 이름들을 보았다. 책 속에는 많은 이름이 있었다. 소설 속에는 등장인물들의 이름이 있었다. 과학 서적에는 박사나 학자들의 이름이 있었고 시집과 모든 책에는 작가의 이름이 표지에 적혀있었다. 책은 적어도 한 명 이상의 이름을 담고 있었다. 심지어 이국적인 이름도 많았다. 일본인의 이름도, 미국인의 이름도, 프랑스인의 이름도, 독일인의 이름도, 서독 사람의 이름도, 동독 사람의 이름도, 러시아인의 이름도, 소련인의 이름도, 베트남인의 이름도, 전 세계의 이름이 있었다. 남자는 그 이름들을 맞이할 생각에 들떴다. 그중에서 자신이 마음에 드는 이름이 있다는 것을 알았다. 책을 찾기 위해, 책들에 쓰인 이름을 찾기 위해 서점으로 갔다.

남자가 들어간 서점은 대형서점으로 규모가 컸다. 신간들은 입구에서 가까운 진열장에 전시되어 있었다. 남자는 책들의 이름을 살폈다. 자신과 어울릴 이름들을 골라보았다. 주영, 민수, 지훈, 다권. 이름들이 괜찮은 이름들을 공책에 적어두고 남자가 알 만한 작가들의 책들을 찾았다. 고전 작품이 진열된 블록으로 가서 아는 책들을 하나씩 꺼내보았다. 셰익스피어, 서머싯 몸, 카프카, 도스토옙스키, 톨스토이, 헤르만 헤세, 조지 오웰, 다자이 오사무, 케인 오스틴 등등 많은 작가의 이름과 사진들이 책 표지에 실려있었다. 남자는 그들의 이름이 길다고 생각했다. 그리고 한국인 이름치고는 너무 과하다고 생각이 들어 한국 작가들의 책을 살펴보았다. 되도록 최근 작품들로 찾았다. 몇몇 이름들을 보았지만 남자는 신간 코너의 작가들의 이름과 비슷하다고 느꼈다. 어느 이름도 자신의 이름으로 적당하지 않았고 남자는 서점에서 책 한 권을 골라 읽기 시작했다.

우연히 고른 책은 하루키의 해변의 카프카였다. 소설 속에서 남자 주인공은 가출을 하게 되며 카프카라는 가명을 짓게 되고, 고무리 기념 도서관에서 오시마의 도움을 받으며 지낸다. 남자는 다무라 카프카가 자신과 비슷한 처지라고 생각이 들었다. 자신도 이름을 짓고 있으며 도서관은 아니지만 책들로 둘러싸인 서점에 있다는 점이 신기했다. 남자는 앉은 자리에서 카프카의 상권을 다 읽었다. 자신이 카프카가 아닐까. 소설 속 주인공이 아닐까 책을 읽기 시작했다.

남자가 책을 읽기를 그만둔 이유는 시간도 많이 지났고 책이 슬슬 지겨워지기 시작했다. 흡입력 있던 도입 부분을 지나자 전개는 느렸다. 혹시 괜찮은 이름이 있나 보려 했지만, 일본인 작가의 책을 고른 것부터 이름 찾기란 포기했어야 했다. 일본 이름들만 나왔다. 중간에 미국식 이름이 나오기도 했지만 그 이름들은 유명 프랜차이즈 패스트푸드 브랜드거나 유명 술 브랜드 이름이었다. 그런 이름으로 자신을 소개하며 해야 할 변명들을 남자는 생각했다.

"제가 좋아하는 책에서 찾은 이름들이거든요. 햄버거를 좋아하거나 치킨을 좋아하는 것이 아니고요. 술도 딱히 좋아하지 않습니다. 그냥 이름만 그런 거예요. 책을 읽어보셨나요?"

서점에서 나오자 해는 건물들 사이로 숨어갔다. 구름과 건물들 사이로, 건물의 창들에 비쳐서 오는 빛은 따뜻했다. 배도 서서히 고파왔고 남자는 이름을 찾지 못한 채 식당을 찾아 걸었다. 오늘 하루 아무것도 먹지 않아서 배가 고프기보다는 아팠다. 공복은 멀미감을 불러왔고 남자는 걸으며 숨을 크게 뱉지 않았다. 토가 쏠려 나오는 듯했다. 숨을 크게 뱉는다면 배 속에 있지도 않은 내용물이, 완전히 비워져 있다면 위액이라도 나올 듯했다. 몇 걸음 못 가서 남자는 눈에 보이는 아무 식당이나 들어갔다.

남자가 들어온 식당은 사골집이었다. 저녁 시간이 되어가며 사람들이 많았다. 남자는 창가 근처에 자리를 잡고 앉았다. 그리고 가장 싼 사골 하나를 시켰다. 곧 물과 김치가 나왔다. 배추김치와 깍두기가 나왔고 남자는 젓가락으로 김치를 먼저 집어 먹었다. 빈속에 자극적인 김치 양념이 아렸지만 뭐라도 먹으니 살 것 같았다.

　　남자는 물을 한 잔 마시고 그제야 식당 안을 둘러보았다. 벽면이 흰색으로 도배되어 있었다. 바닥도 마찬가지로 흰 바닥으로 깔려있었다. 테이블과 의자도 같은 색이었다. 사람들이 먹고 있는 뚝배기 속 사골도 뽀얀 흰색이었다. 천장에 간격이 좁게 달린 형광등은 벽과 바닥과 테이블과 의자와 사골 국물에 반사되어 식당을 밝혔다. 밖이 조금씩 어두워지며 식당은 더욱 밝게 보였다. 눈이 아플 지경이었다. 남자는 시선을 창밖에 두었다. 골목길을 지나가는 사람들은 모두 식당 안을 한 번씩 쳐다보고 갔다. 그럴 만도 했다. 이렇게 밝은 사골 집이라니. 누구라도 그냥 지나칠 수 없었을 것이다. 아니면 눈이 부셔서라도 그것을 보아야 했다. 무엇이 이렇게 밝게 빛나고 있는지 궁금하니까. 지나가는 사람들이 식당 안을 쳐다보며 걸어가면서 남자와 눈이 마주쳤다. 피할 수 없는 마주침이었다. 밖을 보는 사람과 안을 보는 사람은 눈을 마주칠 수밖에 없었다. 그중에 짧게 머리를 깎은 여자가 남자를 보고 창으로 다가왔다. 남자를 아는 듯이 얼굴을 찬찬히 살폈다. 모르는 사람이라면 무례한 행동일 수 있지만, 여자는 그만큼 확신이 있었다. 남자는 창밖으로 보이는 여자의 성별이 헷갈렸다. 머리가 너무 짧아 여리한 남자 같기도 했다. 여자가 식당으로 돌아와 사골 국물에 반사된 빛이 얼굴을 밝히기 전까지 남자는 성별을 구분할 수 없었다. 여자는 남자의 앞에 자연스럽게 앉았다. 마치 약속된 만남이라는 듯이 행동하는 여자가 당혹스러웠고 식당을 나가고 싶었지만 주문한 사골이 때마침 나왔다. 남자는 식당을 박차고 나갈 여유가 없었다. 배가 고팠다. 남자는 일단 여자를 두고 뽀얀 사골에 소금을 넣어 간을 맞췄다.

정신없이 사골을 들이키는 남자는 여자를 신경 쓰지 않았다. 아는 사람이 분명했다. 그렇지 않으면 모르는 사람에게 이렇게 행동할 사람이 없었다. 누군지 알고 싶었지만 알고 싶지 않았다. 누군지 기억해 낸다면 그는 더 이상 그로 남아있을 수 없었다. 아무 말 없이 남자를 쳐다보는 여자를 두고 사골만 먹고 나가야겠다고 생각했다. 그전까지 아무런 말도 걸어주지 않기를 바랐다. 하지만 여자는 남자가 그 생각을 머릿속으로 떠올리자마자 말을 걸어왔다.

"배고팠나 봐."

남자는 대답하지 않았다. 대신 사골이 맛있다고 생각했다. 그러자 여자는 남자의 생각을 읽은 듯이 생각에 대답했다.

"사골 맛있지. 좋아하는 음식이었는데."

그리고 여자는 대답 없는 남자를 앞에 두고 혼자 말을 시작했다.

"사골은 깨끗한 음식 같아서 좋아. 국물도 맑고 피 냄새랑 살냄새가
나는 부분을 도려낸 다음 우려낸 국물이잖아. 냄새가 나지 않아. 하지만
맛은 깊지. 그래서 좋아했어. 간편하기도 하지. 국과 밥만 있으면 먹을 수
있잖아. 김치를 안 먹으면 숟가락만 있어도 먹을 수 있지. 맥주와 먹기 어
렵지만 소주와 먹으면 잘 어울리고. 나는 원래 맥주를 싫어했으니까. 탄
산이 너무 세서 속이 늘 거북했어."

여자의 사골 찬양에 남자는 무슨 말을 하고 있는지 도통 알 수 없었
다. 자신과 사골을 같이 먹던 사람이었던가. 아니면 자주 가던 사골집 알
바생이었던가. 그는 이유를 알 수 없었다. 여자가 사골을 좋아한다는 것
을 제외하고는. 한 가지 더 알 수 있던 것은 여자의 말을 들으며 자신도
그렇게 생각이 들고 있다는 사실이었다. 남자는 맑은 국물에 소주를 먹
고 싶었다. 그 생각을 하자 여자가 소주 한 병을 주문했다. 소주가 나오고
남자는 말없이 소주잔에 소주를 따라 마셨다. 소주병도 시원했고 소주잔
도 시원해서 마시는 소주가 시원했다. 남자는 소주 한 잔을 마시자 더 마
시고 싶다는 생각이 들지 않았다.

"소주를 한 잔만 파는 곳이 있으면 좋겠다고 생각했지. 딱 한 잔만 마
시고 싶은 날이 있잖아. 한 병은 너무 많은 것 같고. 그런데 누가 소주를

한 잔만 팔겠어. 옆자리에서 얻어먹으면 모를까. 무조건 한 병을 시켜야 하잖아. 그래서 소주를 마실 때는 지갑에 돈이 많은 날만 먹었지. 기분이 좋다던가, 아니면 소주를 마시지 않고 못 배길 정도는 되어야 한 병을 시켜 먹었지. 딱 한 잔만 먹고 남기더라도 말이야. 오늘 이 소주는 사줄게. 좋은 일이 있어서.”

　남자는 무슨 좋은 일이 있어 소주를 사주나 궁금했다. 육성으로 묻고 싶었다. 하지만 말이 나오지 않았다. 여자가 말을 하는 한 자신의 입에서 어떤 한마디의 말도 나오지 않을 것을 알았다. 말로 묻지는 못했지만 여자는 남자가 원하는 대답을 주었다.

　“이름을 지어줄게. 좋은 이름으로. 크게 성공하지는 못하지만 크게 망하지도 않는 이름으로. 하루 종일 찾아다녔잖아. 괜찮은 이름을 지으려고. 자식을 얻은 부모처럼. 그 이름을 내가 지어줄게. 마음에 들지는 모르겠지만….”

　여자는 이름 석 자를 간격을 두고 천천히 그리고 정확하게 말했다. 남자는 이름을 듣고 괜찮은 이름이라고 생각했다. 이름을 부르는 발음도 편했다. 얼추 성명학적으로 오행도 맞는 것 같았다. 한자 뜻도 괜찮아 보였다. 크게 성공하지도 크게 망하지도 않는 이름.

***

　그 이름은 여자의 이름이었다. 남자는 그 이름이 여자 이름치고는 중성적이라고 판단했다. 여자의 모습처럼 남자의 것인지 여자의 것인지 헷갈렸다. 그래서 그 이름에 마음이 끌렸다. 남자는 마음속으로 이름을 되뇌었다. 여자는 자신의 이름으로 남자를 불렀다. 한 음절씩 끊어서 뭉개는 발음 없이 불렀다. 남자는 자신 앞에 앉은 여자와 같은 이름을 가졌다. 낯설었던 이름은 속삭이듯 남자의 입속에서 되뇌어졌다. 그리고 사골 국물과 섞여 익숙한 맛이 혀와 입천장에서 감돌았다.

# 안개

어느 겨울날 사람들이 뱉은 입김은 사라지지 않고 머물렀다. 그 입김들은 모여 안개를 만들고 세상을 뒤덮었다.

안개가 짙게 낀 세상은 조용했다. 차도 다니지 않았고, 사람들의 걸음걸이마저 조심스럽게 만들었다. 처음에는 스모그 현상이나 미세먼지 정도로 여겼지만, 시간이 지나며 안개는 그런 가벼운 현상들이 아님이 밝혀졌다. 안개는 사람들이 뱉은 숨이었다. 소모하는 목숨은 연기로 변해 눈으로 볼 수 있었다. 무슨 이유에서인지 모르지만 그 사실만은 확실했다.

사람이 죽을 때 24g이 가벼워진다는 연구 결과가 있었다. 영혼의 무게를 측정한 연구였다. 그렇지만 연구에는 오류가 많았고, 받아들여지지 않았지만, 지금에서야 그 연구가 맞았다는 것을 알 수 있었다. 사람들은 살아있을 때도 24g의 숨을 매 순간 내쉬며, 죽는 순간 마지막 24g의 숨을 내쉰다.

나는 그 숨을 담아내는 '스모커'로 일한다.


　　'스모커'는 병원에서 임종 직전의 환자들의 숨을 받아내는 일을 한다. 화장을 대신하여 숨을 담은 유리병을 납골당에 넣어두었다. 무슨 차이가 있겠느냐만, 숨을 담아두는 것이 더 죽은 이들이 살아있다는 느낌을 주기도 했고, 실제로 그 숨을 살아있는 사람이 마시면 그 사람의 감정과 기억을 일정 부분 느낄 수 있었다. 죽은 사람을 기리는 방법으로도 좋았고, 그리워하는 사람들에게도 그 숨은 중요한 부분이었다. '스모커'는 민간기업에서 시작되었지만 지금은 국가적으로, 세계적으로 관리받는 직업이 되었다. 죽은 사람들의 숨은 안개가 되어 낮게 깔려있었고, 그로 인해 불가능해진 일들이 너무 많았기 때문이다. 안개는 가시거리를 1m가 채 안 되게 만들었고, 태양 빛도 막아서 농작물을 경작할 수도 없었다. 그로 인해 더 많은 안개가 생기는 것을 막기 위해 '스모커'들의 일은 중요해졌다.


　　일을 하며 어느 정도 생계가 유지 가능했지만, 욕심이 많은 스모커들은 과거 유명한 사람들의 안개를 찾는 일도 하였다. 안개를 수집하는 일은 불법은 아니었지만 사고파는 일은 불법이었다. 하지만 과거 유명한 정치인들과 연예인들 그리고 예술가들의 안개를 모으면 평생 걱정 없이 살 수 있을 정도로 비싼 값에 거래되었기에 병원에 붙어 안개를 담는 스모커들은 많이 없었다.

스모커들은 작은 진공청소기 같은 기계를 매고 다니며 안개를 빨아들였다. 어떤 특별한 장소로 가서 안개를 모으는 것이 아니라 그냥 자신이 서 있는 곳에서 안개를 빨아들이고 맛봤다. 때로는 기억과 감정이 섞이기도 했고, 참을 수 없는 감정을 느끼기도 했다. 살아있는 사람의 것도 있었고, 죽은 사람의 것도 있었다. 안개는 어느 곳으로도 떠밀려 올 수 있기에 바다 건너 사람의 안개도 볼 수 있었다. 각 나라의 위인들의 안개는 다른 나라에서 발견되기도 했다. 스모커들은 과거 유명한 사람들의 안개 말고도 현재 살아있는 유명인들의 감정과 기억이 담긴 안개들을 모아 팔았다.

그들과 다르게 나는 병원에 붙어서 누군가의 임종을 기다렸다. 옆을 지키는 가족들이 많은 사람의 임종은 안개를 모으기 어려웠다. 가족들이 내뱉는 슬픔의 안개는 임종을 앞둔 사람의 것과 섞였다. 나는 마지막 안개를 받아내기 위해 다른 안개들과 구분해야 했고, 어쩔 수 없이 슬픔의 안개를 들이마셔 폐에 가둬두었다. 그러며 나도 같은 슬픔을 느꼈고, 마음이 아팠다. 간간이 그중에서는 기쁨의 안개도 섞여 있어서 나는 그 기쁨을 느낄 때, 무서워지곤 했다.

그래서 임종을 나 혼자만 지키는 것이 편했다. 안개도 하나뿐이었고, 내 안개가 있다 하더라도 그것은 내 것이었기에 구분하기 편했다. 감정들도 다양하지 않아서 감정적으로 힘들지도 않았지만, 임종을 혼자 맞이하는 사람의 안개는 그 어떠한 감정들을 합친 것보다 깊은 슬픔이 느껴졌다.

　평소처럼 나는 임종이 가까워진 환자를 배정받았고, 병실 근처에서 대기하고 있었다. 배정받으면 병원에 마련된 숙소에서 지내며 기다렸고, 임종이 다가오면 병실 안으로 가서 환자 옆에서 기다렸다. 환자들은 우리를 저승사자라고 불렀다. 검은 양복을 입고 죽음을 기다리는 모습이 그렇게 보였을 것이다. 스모커들은 병실로 들어가기 전까지 자신이 만날 환자에 대해 몰랐다. 알아봤자 도움이 되는 것도 없었고, 최대한 감정적인 교류를 피해야 일을 하기 쉬웠다. 대신 환자는 우리가 누군지 알 수 있었다. 자신의 마지막 숨을 받을 사람을 선정할 수도 있었고, 거부할 수도 있었다.

　병실에서 대기한 지 하루가 지날 즈음에, 피곤에 찌든 간호사가 나를 불렀다. 누군가 나를 찾아왔다는 말이었다. 나는 환자도 아니고 누군가 찾아온다는 것을 생각하지 못했다. 그럴 사람도 없었다. 가족들은 멀리서 살았기에 찾아올 수 없었다. 차도 다니지 못하고 이동 수단이 없었다. 차가 다닌다고 하더라도 생필품과 의료용품을 실은 트럭이 전부였다. 모두 국가에서 관리하는 차량들이었고, 개인적인 차량 이용은 법적으로 불가했다. 그런데 나를 안다는 사람이 찾아왔다니. 이곳에서 나는 아는 사람을 만들지 않았다. 알았다고 하여도 모두 안개를 남기고 간 사람들뿐이었다. 1층 병원 로비로 나가자 14층보다 짙은 안개가 깔려있었다. 나는 로비 의자에 앉아 나를 찾는다는 사람을 기다렸다. 그가 먼저 나를 찾아주기를 기다렸다.

　조금 지나자 여자로 보이는 실루엣의 사람이 앞에 섰다. 흐릿하지만 안개 속으로 보이는 여자의 서 있는 모습에는 힘이 있어 보였다. 살집도 어느 정도 있었고, 건강해 보이는 실루엣이었다. 병원에 어울리지 않는 사람. 그 여자의 얼굴은 잘 보이지 않았지만 나를 알아본 듯 먼저 말을 걸었다. 모습이 뚜렷하게 보이지 않으니 멀리 있는 사람과 전화를 하는 듯한 느낌을 주었다.

　"여보세요?"

　자신의 몸을 가리는 듯 여러 겹 껴입어 부풀어진 여자는 자신을 '이성'이라고 소개했다. 그녀가 나를 알고 있으니 나도 알고 있는 사람일 것이다. 하지만 기억나지 않았다. 이성이 누군지. 그녀의 입에서는 안개가 피어오르고 있었다. 나는 그 안개를 들이마시고 그녀가 불안해한다는 것을 느꼈다. 무엇에 대한 불안인지는 알 수 없었지만.

　"오랜만이다. 갑자기 찾아와서 놀랐지?"

　이성의 목소리를 듣고 나는 그녀가 누군지 알아챘다. 우리는 같은 동네에서 자라며 초등학교와 중학교 그리고 고등학교를 같이 나왔다. 그렇게 친하지는 않았다. 서로의 얼굴을 알고 가벼운 인사를 나누기도 했다. 사실 인사라고 생각했지만, 서로의 존재를 확인한 것이 전부였을 것이다. 그래도 성을 몰랐어도 '이성'이라는 이름은 알고 있었다. 이성도 내 성을 모르고 이름만 알았다. 서로를 부를 일이 없으니 그것으로 충분했다. 그런데 이성이 갑자기 찾아온 것은 놀랄 일이었다. 연락도 주고받는 사이도 아니었고, 이렇게 마주해서 이야기하는 것이 처음이었다.

"그래, 오랜만이네."

이성은 용건이 있는 듯 말을 하려다 말았다. 그녀의 안개에서 망설임이 느껴졌다. 이성도 그것을 느꼈는지 손으로 자신의 입을 막았다. 손 틈 사이로 안개가 새어 나왔고, 입을 완전히 막으면 코로 세어 나왔다.

"무슨 일 있어?"
"사실 네가 스모커로 일한다는 걸 들었어. 그래서 부탁을 하려고 왔어."

나는 무슨 일인지 먼저 추측하고 말하지 않았다. 죽음에 관한 것이기 때문에 섣불리 먼저 말하기 조심스러웠다.

"안개를 담아줄 수 있을까 해서….".

이성의 입에서 두려움의 안개가 스며 나왔다.

"누구?"
"내 안개."
"어디 아프니?"
"아프지 않아. 아주 건강해."
"그런데 안개는 왜? 살아있는 사람의 안개라면 금세 사라질 텐데."
"나는 죽을 거야. 마지막 안개를 담아줘. 가장 짙은 안개를."
"그런 일은 할 수 없어. 나보고 자살을 도우라는 거야?"

이성의 단호한 말투에 나도 모르게 힘을 주어 말했다. 대답 없이 이성은 안갯속으로 사라졌다. 나는 그녀가 남긴 안개를 마시지 않고 숨을 참았다. 이성이 자신이 죽고 난 후 나온 안개를 왜 나에게 담아달라고 했는지 몰랐다. 알고 있는 것은 내가 그 사실에 화가 났다는 것이었다. 그래서 이성은 내 안개를 마시고 떠났다. 나는 그날의 일을 계속해서 생각했다. 길을 지나가다 안개를 마시고 이성의 안개로 오해하고 흠칫 놀랐으며, 그녀가 아직 살아있는지 걱정되었다. 이성을 다시 만나게 된 것은 한 달 뒤였다.

이성은 병원 근처 등대에서 일했다. 주변에 바다가 있지 않았지만 짙은 안개로 인해 육지에서도 등대가 설치되어 있었다. 등대지기들은 낮이고 밤이고 항상 등대를 지켰다. 등대는 사람들에게 길잡이가 되었으며 해가 들지 않는 세상을 밝혀주는 유일한 빛이었다. 나는 등대로 들어가는 이성을 보고 아는 체를 했다. 살아있는 것이 다행이기도 했고, 왠지 모를 반가움이 앞섰다. 이성은 나를 보고 웃더니 한가하면 등대에서 커피나 한잔 마시고 가라고 말했다.

　　등대로 올라가는 계단은 나선형으로 길었다. 계단의 수를 세며 걷다가 300개쯤에서 그만두었다. 등대는 아주 높았고, 안개가 가득 낀 등대 안에서 정상은 보이지 않았다. 이성은 힘이 들지도 않는 듯 익숙하게 계단을 올랐다. 등대 정상에 도착하자 작은 침대와 싱크대가 보였다. 원룸 정도 크기의 숙소는 아담했다. 손님이 올 거라 예상 못 한 듯 모두 하나씩 준비되어 있었다. 컵 하나, 의자 하나, 숟가락 하나, 젓가락 하나. 이성은 나에게 커피를 타 주고 자신은 마시지 않았다. 그녀는 침대에 걸터앉았고 나는 의자에 앉았다. 그리고 우리는 서로가 어떻게 지내왔는지 이야기했다.

　　이성은 고등학교를 졸업하고 적당한 대학교를 들어갔다. 자신이 원하던 전공이었다. 그녀는 영화를 전공하며 밤을 새우며 영화를 찍고, 술을 마시며 영화에 대해 이야기를 했다. 이성은 영화를 사랑했다. 그리고 그녀의 졸업 영화를 촬영하던 날, 안개가 끼기 시작했다.

새벽에서 아침으로 넘어가는 촬영을 많이 겪어 온 그녀는 안개가 곧 걷힐 거라고 생각했다. 날이 조금 밝지만 후반 작업으로 조금 어둡게 만들면 새벽 느낌이 날 것이라고, 그게 불가능하다 해도 괜찮은 장면이 될 거라고 생각했다. 하지만 시간이 지나도 안개는 사라지지 않았다. 그녀는 불안했다. 어떻게 모은 돈으로 영화를 찍었는데 마무리 지을 수 없다니. 그렇게 촬영을 중단하고 그녀는 남아있는 촬영본들로 편집을 했다. 시간과 수중에 남은 돈이 없었다. 영화는 엔딩은 있지만 오프닝이 없었고, 결과가 있지만 원인이 없었다. 모든 것이 뒤죽박죽이었다. 이성은 안개가 걷히면 마저 찍겠다 했지만 안개는 걷히지 않았고 그녀의 영화는 미완성인 채로 남았다. 그녀 말고도 많은 영화가 그렇게 끝났다. 졸업 후에 들어가려던 작품도 안개가 끼어 엎어졌고 조명팀 선배의 추천으로 등대 일을 시작했다고 했다. 나는 이성이 영화를 좋아했다는 사실을 그날 처음 알았다.

나는 저번 일을 물었다. 왜 찾아왔냐고, 죽으려 했냐고, 영화를 그만두게 되어 죽으려고 했냐고 물었다.

"죽은 사람의 안개는 기억과 추억들을 간접적으로 담고 있다고 하잖아. 그래서 아마 내 안개에는 내가 완성하지 못한 영화의 장면들이 담겨 있을 거야. 누군가 그 안개를 담아준다면 영화를 완성시킬 수 있을 거라 생각했어. 다른 스모커들에게도 일을 맡기려 했지만 내가 죽고 나면 그들이 그 안개를 제대로 담아줄지 의심스러웠어. 내가 죽고 나면 그들은 안개를 담든 다른 안개에 섞이게 두든 내가 확인할 수 없잖아. 그래서 너를 찾아간 거야. 그나마 얼굴이라도 아는 사람에게 부탁한다면 섞이게 내버려두진 않을 거라 확신했거든."

"하지만 내가 그런 일을 할 수는 없어. 나는 죽어가는 사람의 안개를 담는 일을 하는 거지. 스스로 죽는 사람의 안개를 담을 수 없어."

"나도 그 정도는 알아. 그래서 더 부탁하지도 않았고."

이성은 이 대화는 여기서 끝이라는 듯 대화 주제를 돌렸다.

"등대 조명 볼래? 세상에서 가장 따뜻한 곳이야. 지금 유일한 햇빛이지."

나는 고개를 끄덕이고 그녀를 따라 아파트 두 층 높이를 걸어 올랐다. 등대 꼭대기는 철제문으로 닫혀있었다. 이성은 그 문 앞에 서서 아주 두꺼운 검은 고글을 주었다. 나는 고글을 받아 쓰고 주변을 둘러보았다. 아무것도 보이지 않았다. 검은 천으로 눈을 가린 듯이 아무것도 보이지 않았고, 어떠한 빛도 새어 들어오지 못할 것 같았다. 이성도 고글을 쓰고 철제문을 천천히 열었다. 문이 열리자 뜨거운 열기가 얼굴로 쏟아졌다. 태양이 바로 앞에 서 있다고 느껴졌다. 열기에 입고 있던 외투를 벗어두고 마지막 계단 위에 올려두었다. 문 안쪽에서 나오는 빛도 엄청났다. 고글이 없었다면 눈이 멀 수도 있겠다고 생각했다. 문 안으로 걸어 들어가는 이성을 따라갔다.

사람 몸만 한 조명 네 개가 빛과 열을 내며 사방을 밝히고 있었다. 강한 빛에 머리가 어지러웠다. 눈을 감고 있어도 빛의 잔상이 눈앞에 아른거렸다. 빛이 향하는 곳은 통유리로 사방이 둘러 있는 곳이었다. 안개가 가득해서 등대가 높다는 것을 잊어버렸다. 건너편에는 다른 등대의 빛이 보였다. 건너편 등대로 이렇게 강한 빛을 내고 있지만, 안개에 갇혀 이곳까지 그 빛을 전하지는 못하고 있었다. 열기에 버티지 못하고 이성에게 나가자고 손짓했다. 소리가 시끄러운 곳은 아니었지만 본능적으로 소리가 들리지 않을 거라고 생각했다. 거친 파도 소리가 들렸던 것 같기도 했다.

두 층 아래 숙소로 돌아와 눈을 감고 있었다. 작은 빛에도 눈이 아렸다. 이성은 옅게 선팅이 된 선글라스를 주었다. 나는 선글라스를 쓰고서야 눈을 뜰 수 있었다. 눈을 뜨고서도 눈물이 흘러 한참을 닦아냈다.

"처음에는 다들 그래. 익숙해져야 괜찮아져. 잠깐 눈 감고 있어."

이성이 컵에 물을 따라 마시는 소리가 들렸다.

"너는 스모커 일을 어떻게 하게 된 거야?"

나는 눈을 감고 대답했다.

"대학교를 졸업하고 취직을 하지 못해서 자취방만 얻은 채로 술만 먹었지. 부모님한테는 계속 면접을 보고 있다고 거짓말을 하고 아무 일도 하지 않고 지냈어. 돈이 필요하면 단기 알바를 하면서, 월세는 부모님한테 받으면서. 그러다가 안개가 짙어졌고, 스모커 일을 하게 됐지. 공무원이고 안정적이잖아. 안개가 사라지지만 않는다면. 일이 어렵지도 않고, 월급도 나름대로 만족스러워."

내 이야기를 하자니 어색하기도 하고, 이성과 다르게 철없이 들렸다. 나는 일부러 말을 돌리고 이성에게 미완성된 영화를 보여달라고 했다. 그녀는 잠시 고민하더니 노트북을 가져와 편집 프로그램을 실행했다. 프로그램에는 잘린 영상 클립들이 타임라인 위에 올려져 있었다. 중간에 빈 공간이 많았다. 이성은 말없이 영상을 재생시켜 주었다. 타임라인 위에 작게 뜬 화면에서 영상이 재생되고 있었다. 첫 장면에서 여자 주인공이 거리를 걸어가고 잠시 암전된 화면이 3초, 그리고 울고 있는 여자가 보였다. 그런 식으로 영화는 많은 생략을 담고 있었다. 20개 정도의 장면을 보자 영화는 끝이 났다. 엔딩 크레딧도 없이 뚝 하고 끊겼다. 무슨 내용인지 도저히 알 수가 없었다. 나는 그녀의 눈치를 살피고 미완성인 영화도 재밌다며 칭찬했다. 그녀가 무슨 내용인지 물어보지만은 않기를 바랐다.

최근 배정받은 환자의 안개를 담아내고 휴가를 냈다. 마지막 환자는 80세 할아버지였다. 그는 임종을 맞이하며 찾아오지 않은 가족들에 대한 그리움을 안개로 뱉어냈다. 나는 정성스레 안개를 강화 유리병에 담아뒀다.

무기한 휴가를 내고 이성의 등대를 매일 찾아갔다. 이성의 숙소에는 모든 것이 하나씩 늘어갔다. 칫솔 두 개, 컵 두 개, 의자 두 개, 이불도 두 개. 우리는 등대 숙소에서 같이 지내며 많은 영화를 보았다. 대부분 이성이 노트북으로 다운로드해 둔 영화였다. 새로운 영화가 나오지 않는 상황에서 기존 영화들을 볼 기회가 많았다. 필름을 잃어버린 고전 영화들도 누군가에 의해 다시 배포되었고, OTT 서비스에서는 없는 영화를 찾는 것이 어려웠다. 이성은 등대에서 영화들을 보면서 시간을 보냈다. 그리고 시나리오를 꾸준히 썼다. 안개가 사라지지 않는 한 찍을 수 없는 영화의 시나리오들을 써 내려갔다. 그녀는 이것 말고는 할 것이 없다고 했다.

이성과 영화를 보다 보면 잠이 들기도 했다. 완성된 영화였지만 이성의 미완성된 영화처럼 중간이 생략된 느낌이 들었다. 그러면 지루함에 잠이 들었고, 이성은 영화를 다 보고 나서 잠이 들었다. 잠을 자지 않으면 등대의 전구를 확인하든가 시나리오를 쓰든가 했다. 가끔 글이 막힐 때면 창문을 열어 짙은 안개를 가득 들이마셨다. 안개 속에는 누군가의 감정이 섞여 있었다. 그리고 운이 좋다면 죽은 사람의 짙은 안개에는 기억과 추억도 들어있었다. 벌레의 감정과 식물의 감정도 있었으므로 이성은 그것들의 감정을 간접적으로 느끼는 것을 좋아했다.

일을 쉬는 동안 안개들을 모았다. 감정이 담겨있는 안개들과 기억이 담겨있는 안개들, 무생물의 안개와 유기체의 안개. 그것들을 모아 이성에게 선물했다. 작은 유리병에 담아 그것들을 선물했다. 숙소는 금세 유리병들로 채워졌다. 작은 숙소에 더 이상 유리병이 들어갈 공간이 없어지자 우리는 유리병들을 등대로 올라오는 나선형 계단 한 칸에 올려두었다. 각 유리병에 라벨도 붙여두었다. 기쁨, 슬픔, 그리움과 같은 감정의 단어들을 적어두었고, 비슷한 종류의 안개들의 이름이 부족해질 즈음에는 구멍 난 양말, 얼음이 녹아 싱거운 콜라와 같은 이름들을 붙이기 시작했다. 숙소 바로 밑에부터 시작된 유리병들의 줄은 1층을 가볍게 내려갔다. 그리고 다시 옆으로 다음 줄을 이었다.

이성에게 좋아하는 영화감독 또는 배우의 안개를 구해주고 싶었지만 그들의 안개는 이미 수집되었거나 내가 찾기는 불가능했다. 그래서 나는 영화감독을 꿈꾸었던, 배우를 꿈꾸었다가 포기한 이들의 안개를 찾아주기도 했다. 처음에는 이성도 그들의 기억과 감정을 좋아했지만, 그들이 포기한 꿈에 대한 그리움과 우울함을 견디지 못했다. 나는 이성이 열지 않는 그들의 유리병의 뚜껑을 열어 비워냈다. 나도 그들의 안개를 모으는 것이 언젠가부터 미안한 마음이 들어 그만두었다.

이성과 지루한 고전 영화를 한 편 보고 자던 밤, 유리가 깨지는 소리에 깨어났다. 큰 소리에 등대의 전구가 깨진 것으로 착각한 나는 먼저 옥상으로 올라갔다. 옆에 이성이 없다는 사실도 그 추측을 받쳤다. 그녀는 이곳 등대지기였고, 전구를 먼저 지켜야 하는 존재였다. 하지만 그녀는 없었다. 전구도 멀쩡했다. 아래로 다시 내려오며 나는 어두운 계단에서 유리병이 발에 걸렸다. 모든 유리병들은 바깥쪽에 세워두고 안쪽으로 걸었지만, 발에 걸린 유리병은 안쪽에 붙어있었다. 발에 걸려 유리병이 계단 아래로 한참을 굴러떨어졌다. 소리는 점점 멀어지다 어딘가에 걸려 멈췄다. 숙소로 돌아와 손전등을 챙기고 아래로 내려갔다. 계단의 유리병들은 모두 비워져 있었다. 손전등으로 앞을 비추자 짙은 안개가 빛을 가로막았다. 손전등으로 계단을 비추며 한 발 한 발 조심스레 내려갔다. 얼마나 내려왔는지 가늠이 가지 않을 때, 이성이 앞에 나타났다. 그녀는 계단 중간에 서서 유리병들의 뚜껑을 열고 있었다. 잠이 덜 깬 사람처럼, 몽유병이 있는 사람처럼 반복적으로 유리병들의 안개를 꺼내 마시고 있었다. 그녀 주변에도 안개가 많았는데 나는 그 근처에서 잠시 안개를 마시고 입과 코를 막았다. 짙은 안개들이 섞이고 모여 기체를 마시는 느낌이 아닌 물이 폐에 차는 듯한 느낌을 주었다. 익사할 것 같았다. 실제로 숨이 막혔다. 이성이 병원으로 찾아온 날을 기억했다. 그녀는 죽으려 했다. 스스로를 안개로 만들려고 했다. 축축한 안개가 겹치고 겹쳐 벽에 이슬이 맺힌다. 이슬은 벽을 타고 내려와 바닥에 고인다. 고인 이슬은 다시 안개가 되어 안개 위에 겹친다. 그녀도 순환을 따라간다. 그녀는 안개가 되고 겹친다. 그녀는 벽에 맺히고 바닥에 고인다. 고인 그녀는 다시 안개가 되어 겹친다.

이성은 갑작스럽게 나타났고 갑작스럽게 사라졌다. 모든 것이 안개 같았다. 나는 그녀에 대해 자세히 알지 못했다. 안개 같은 존재였고, 안개처럼 사라졌다. 안개 그 자체가 되었다. 어렴풋한 인상들만이 남아있다. 나는 그 인상들을 떨쳐내지 못한다. 그것은 백일몽같이 내 머릿속에 남아있다. 평생 기억할 꿈으로 남는다. 나는 그것을 잡지 못한다. 움켜쥐고 싶지만, 손가락 사이로 빠져나간다. 이성을 잡을 수 없었다. 나는 급한 대로 이성의 입에서 나오는, 몸에서 새어 나오는 안개들을 마셨다. 폐에 저장하고 숨을 참았다. 담배 연기를 삼킨 듯이 기침이 몰려왔지만 참았다. 코가 맵고 눈물이 고였다. 고통스러웠다. 손으로 입을 막고 바닥에 놓인 빈 유리병을 잡아 안에다 숨을 내뱉었다. 안개가 폐에서 산소를 타고 몸 안을 도는 듯 어지러웠다. 유리병 안에는 옅은 안개가 모였다. 이성이 아닌 것들이 모였다.

이성의 장례식은 하지 않았다. 그녀의 가족들의 연락처도 알 수 없었고, 연락이 닿았다 하더라도 가족들이 이곳까지 이동하는 것이 불가능했다. 이성이 그곳으로 가는 것도 불가능했다. 누구도 이동할 수 없었다. 대신 근처 등대를 찾아가 이성이 죽었다는 사실을 알렸다. 등대지기가 사라졌기에 누군가 대체할 필요가 있었다. 등대지기는 중요했다. 길잡이가 있어야 최소한의 물자들이 이동할 수 있었다. 건너편 등대지기는 나와 비슷한 나이의 남자였다. 키가 커서 내가 올려다보아야 볼 수 있었다. 그는 등대처럼 높이 솟아 그 정상을 올려다볼 수 없었다. 그는 자신을 '지기'라고 소개했다. 등대지기를 하는 자신을 지기라고 설명한 그는 담배 한 개를 물어 불을 붙였다. 담배 연기가 안개 속으로 사라졌다. 무엇이 안개이고 담배 연기인지 알 수 없었다. 담배 연기가 그의 감정을 담고 있었지만 냄새가 심해 정확한 감정을 읽기란 어려웠다. 지기는 그것이 자신이 담배를 피우는 이유라고 설명했다. 그는 그렇게 감정을 숨겼다. 누구에게도 감정을 비춰 보이지 않으며 자신을 보호했다. 나는 지기에게 이성의 죽음을 알렸다. 담배 연기의 양이 많아졌을 뿐 지기는 아무 말도 하지 않았다. 놀라지 않은 것 같았다. 그 둘은 서로를 몰랐을 것이다. 아마 그럴 것이다. 서로의 등대 빛을 볼 수는 있었지만 서로 대화는 하지 않았을 것이다. 그렇지만 지기에게 예상치 못한 대답이 나왔다. 지기는 나에게 그녀와의 관계를 묻더니 질문에 대한 답도 듣지 않고 자신을 이성의 전 애인이라고 말했다. 나는 애써 표정을 감추며 나와 이성의 관계에 대해 이야기하지 않았지만, 담배를 피우지 않는 나의 안개에서는 그 사실이 드러났다. 지기는 내 안개를 알아차리고 담배 한 개비를 다시 물었다.

이성이 등대지기로 일하기 시작한 날 그 둘은 처음 만났다. 지기는 이성에게도 자신을 지기라고 설명했다. 그녀는 그의 이름을 마음에 들어 했다. 단순하기도 했고 기억하기도 쉬웠다. 등대지기로 일하는 남자의 이름이 지기라니. 절대 잊을 수 없는 이름이었다. 둘은 금세 가까워졌고 연인 사이로 발전했다. 서로의 등대로 놀러 가며 소소한 일상을 보냈고 이성의 영화에 대해서도 들었다고 했다. 영화를 보기도 했는데 마음에 들지 않는다고 이성에게 말하자 이성은 곧 실망했다. 그리고 그 이후로 지기는 이성을 보지 못했다고 했다. 지기는 담배를 필터까지 피면서 나에게 이성의 등대를 맡아달라고 했다. 나는 알겠다며 고개를 끄덕이고 별다른 할 말을 찾지 못해 다시 등대로 돌아갔다. 지기에게 물어보고 싶은 것들이 많았지만 그를 믿을 수 있는지 확신이 들지 않았다. 그가 하는 말이 모두 사실이라고 해도 왠지 모를 찜찜함이 느껴졌다. 높은 곳에 있어 안개에 가려진 그의 얼굴처럼 그는 살아있는 사람처럼 느껴지지 않았다. 꿈에서 만난 사람 같은 인상을 주었다. 나는 그에게 다른 말을 하지 않고 등대로 향했다.

이성의 등대로 돌아와 계단에 굴러다니는 유리병을 정리하고 방으로 올라갔다. 유리병에서 나온 안개들이 아직 빠지지 않아 등대 안은 안개로 가득했다. 나는 이성의 안개를 찾아야 했다. 그녀가 나에게 부탁한 일이 기억났다. 그녀의 안개 속에는 완성되지 못한 영화의 장면들이 있었다. 그녀가 나를 찾아온 이유였다. 나는 유리병 하나를 들고 계단 아래로 내려가며 안개들을 들이마셨다. 그녀의 것이 아직 등대 안에 남아있었다. 나는 그녀를 찾고 싶었지만 다른 안개들과 섞여 도저히 찾을 수 없었다. 한 번에 많은 양의 안개를 마시는 것은 위험했다.

어디론가 새어 나갔을 것이다. 내가 건너편 등대를 가면서 잠시 열어 둔 문으로 나갔을 수도 있었다. 다시 문을 열고 등대들을 찾아다니며 그녀의 안개가 그곳에 왔는지 묻고 싶었다. 하지만 그럴 수 없었다. 문을 열면 이곳에 남아 있을 그녀의 안개가 나갈 수도 있었다. 나는 시간을 가지고 천천히 안개를 찾아야 했다. 등대 안에 찬 안개를 모두 확인한 다음 문을 열어야 했다.

첫 번째 계단에서부터 한 칸씩 올라오며 안개를 마시고 뱉었다. 마시고 뱉었다. 다시 마시고 뱉었다. 마시고 머금고 뱉었다. 안개를 찾기 위해 마시고 뱉었다. 속이 쓰렸다. 빈속에 커피를 마신 듯이 아렸다. 지기가 핀 담배 연기도 마셨다. 마지막 계단까지 올랐지만 찾지 못했다. 나는 다시 계단을 내리며 한 번 더 확인할 생각이었다. 그전에 먼저 건너편 등대들에게 이 소식을 알릴 방법을 생각했다. 문을 열지 않고 알릴 수 있는 방법을. 나는 방에서 노트북으로 모스부호 표를 찾아 등대를 올랐다. 검은 천도 몇 장 챙겨 올랐다. 노트에 하고 싶은 말을 쓰고 모스부호 표를 보며 암호로 변환했다. 그리고 전구 앞에 천을 가져다 대며 모스부호를 보냈다. 점은 가리고 선은 3초 정도 가려 표현했다. 검은 천으로 반복적으로 전구를 가리자 뜨거운 열기에 온몸이 축축해졌다. 극단적인 전구의 조명은 내 동공을 수축하고 열고를 반복했다. 최대와 최소. 그런 극단적인 동공의 변화에 눈이 피로했다. 나는 일단 한 문장의 모스부호를 보내고 건너편 등대지기가 알아주기를 바라며 등대를 내려왔다.

# 꿈

잠보다 꿈이 많은 밤, 나는 현실보다 생생한 꿈에서 일어난다. 꿈속에서 느낀 감정은 일어난 이후에도 이어졌다. 누군가 싸우는 꿈에서 깨어나면 심장이 빨리 뛰어 다시 잠들 수 없었고, 슬픈 꿈에서 깨어나면 깊은 슬픔에 잠 대신 눈물을 흘렸다. 평균적으로 한 번의 잠에 사람들은 4편의 꿈을 꾼다. 그것도 잠에서 깨어나기 전 렘수면 상태에서. 그리고 꿈에서 깨어나고 5분이 채 되기도 전에 다시 잠이 들던가, 잠이 들지 않더라도 자신이 무슨 꿈을 꾸었는지 기억하지 못한다. 하지만 나는 모든 꿈을 기억한다. 어릴 적 꾸던 꿈도 기억하고 있고 방금 꾼 꿈도 기억하고 있다. 어떤 사람은 꿈이 기억나지 않는 것에 대해 불만을 가졌다. 무슨 꿈인지 궁금해했고, 좋은 꿈을 꾸진 않았을까 불안해하며 출근길 또는 퇴근길에 로또를 샀다. 그런 이들은 내가 부러울 수 있겠지만 꿈을 기억하는 것은 피곤한 일이었다.

눈이 내리는 겨울 아침에 추위에 꿈에서 깨어났다. 보일러가 고장 난 지도 벌써 이 주일이 지나고 있었지만 보일러를 고칠 생각을 못 했다. 몇 달 뒤면 나갈 방이기도 했고 집주인에게 보일러가 고장 났다고 전화하기가 귀찮았다. 나는 어디선가 춥게 자는 것이 질 좋은 수면에 도움이 된다는 말을 생각하며 합리화했다. 패딩을 껴입고 자야 할 정도는 아니겠지만 그래도 그 생각은 마음을 편하게 했다. 보일러에 대해 생각하는 것을 멈출 수 있다면 그것으로 좋았다. 그것 말고도 내가 매일 아침 하는 습관적인 생각을 멈출 수 있었다. 지금이 꿈이 아닐까 하는 생각을. 나는 잠을 잔다는 것보다는 꿈을 꾼다는 것에 더 가까웠다. 오늘도 54편의 꿈을 꾸었다. 꿈속에서는 자신이 꿈을 꾼다고 생각하지 못했고 그래서 현실이라는 듯이 열심히 꿈속에서 행동했다. 그것이 아무리 비현실적인 상황이라고 해도 그럴 수밖에 없었다. 그래서 나는 꿈속에서라도 마음 놓을 수 있도록 오래전부터 꿈이 아닐까 하는 생각을 수시로 하였다. 그러면 꿈속에서 꿈이라는 것을 알고 가만히 있을 수 있었다. 큰 쓰나미가 다가와도, 주변 사람이 죽거나, 누군가와 싸워도 꿈이라는 것만 알고 있으면 감정을 소비하지 않아도 괜찮았다. 꿈에서 깨어나도 혹시 꿈이 아닐까 하며 작게 속삭였고 현실이라고 확신이 들면 그제야 몸을 움직였다. 고장 난 보일러는 그 생각을 대신하게 해주었다. 추운 방 안은 꿈이라고 생각이 들지 않을 만큼 추웠다. 차가운 공기가 얼굴에 닿으면 지금이 꿈이 아니라고 내 뺨을 때렸다. 차라리 꿈이라면 좋겠다고 생각할 만큼 추웠다.

간단하게 세수를 하고 양치를 했다. 샤워는 따로 하지 않았다. 고장 난 보일러가 내보내는 찬물로 세수와 양치를 하면 얼굴과 잇몸이 쓰라렸고 샤워를 하고 싶다는 생각이 사라졌다. 옷도 갈아입지 않았다. 바깥 날

씨와 비슷한 방 안에서 입고 있던 옷들이 가장 따뜻하게 입을 수 있는 옷들의 조합이었다. 나는 잠옷 차림으로 방을 나왔다. 밖은 방 안보다 따뜻했다. 갑작스러운 따뜻함에 나는 지금이 꿈이 아닌가 생각했다. 꿈이 아니었다.

중학교 시절 꿈을 꾸는 것에 관심이 많았다. 아침에 일어나면 침대 옆 벽에 걸어둔 작은 화이트보드에 꾼 꿈을 간단하게 적었다. 일어나서 5분 안에 적어야만 가능했다. 꿈을 잊어버리기 전에 간단한 키워드들을 적어두었다. 그리고 양치를 하고 세수를 하는 동안 키워드들로 꿈을 정리했다. 마음에 드는 꿈들은 일기를 써두기도 했다. 그 당시 꿈에 관한 영화들도 좋아했다. 인셉션과 수면의 과학처럼 꿈을 주제로 한 영화를 자주 보았다. 그 영화들을 보면서 처음으로 자각몽이라는 꿈의 종류를 알았다. 자각몽은 꿈을 꾸는 동안 자신이 꿈속에 있다는 사실을 알고 꾸는 꿈이었다. 대부분의 꿈은 자신이 꿈을 꾸고 있다고 느끼지 못했지만 자각몽은 달랐다. 꿈속에서 내가 하고 싶은 것을 마음대로 상상하고 조종할 수 있는 꿈은 내게 꿈만 같았다. 나는 자각몽을 꾸고 싶었다. 그 꿈을 위해서는 잠이 필수적으로 들어야 했다. 잠을 자야지만 꿈을 꾸기 때문에. 인터넷에 검색해 보고 자각몽에 대한 정보들을 모았다. 그중에서 나는 한 블로거의 글을 발견했다. 자각몽을 꾸는 사람들의 커뮤니티가 따로 있다고 소개하는 글이었다. 블로거는 자각몽을 꾸고 싶고 정보를 공유하고 싶다면 '꿈'이라는 앱을 다운받은 후 채팅에 참가하라고 했다. 나는 앱을 다운

받고 자각몽을 위한 방법을 정독하고 실행했다.

꿈이란 얕은 잠을 자는 순간, 잠에서 깨어나기 전 순간인 렘수면 상태에서 일어나는 현상입니다. 먼저 자각몽도 꿈이기에 자각몽을 위해서는 잠이 들어야 합니다. 얕은 잠이 들어야 합니다. 깊게 잠들면 안 됩니다. 밤보다는 주로 낮잠을 추천드리는 이유입니다. 백일몽이 자각몽을 위한 가장 좋은 꿈입니다. 방법은 간단합니다. 깨어나지 않을 정도의 소리로 알람을 맞춰두세요. 간격은 2분 정도가 좋습니다. 알람 소리는 여러분을 깊이 잠들지 않게 만들어 줄 것입니다. 만약 알람 소리에 잠이 달아나던가, 알람 소리를 싫어하시는 분이 계시면 손에 작은 물건을 들고 주무세요. 예를 들어 볼펜을 손가락 사이에 끼워두고 볼펜을 쥔 손을 침대 바깥에 내놓고 자는 겁니다. 잠이 들면 손에 힘이 풀려 볼펜이 떨어지고, 그러면 잠에서 잠시 깨어날 겁니다. 그것을 반복하다 보면 얕은 잠이 드실 수 있을 겁니다. 얕은 잠을 위한 준비가 끝나면 꿈을 꿀 준비를 해야 합니다. 연습이 필요합니다. 평소에도 의식적으로 지금이 꿈이 아닌가 생각해 보세요. 10분 정도 주기를 두고 생각하세요. 그러다 익숙해지면 점차 시간을 늘리면 편하실 겁니다.

나는 그 방법을 그대로 따랐다. 학교가 끝나면 집으로 돌아와 잘 준비를 했다. 커튼은 살짝 열어두어 빛이 들어오도록 두었다. 얕은 잠을 위해서였다. 그리고 짧은 간격의 알람을 맞추고 누웠다. 곧이어 알람이 울리고 잠에서 깨어났다. 그리고 다시 알람이 울리고 잠에서 깨어났다. 또 알람을 기다렸다. 나는 소리를 예상하고 기다렸다. 그러면 잠이 달아났다. 불안하기도 했다. 알람이 예상한 시간에 울리지 않으면 시간을 확인하고 30초 남은 알람을 꺼두고 다시 눕기를 반복했다. 나는 알람 방법이 나에게 맞지 않는다고 판단하고 볼펜으로 넘어갔다. 볼펜을 쥐고 자는 것은 알람보다 나았다. 볼펜이 손에서 미끄러지면 나는 얕은 잠에서 깨어났다. 그리고 볼펜이 바닥에 떨어지면 알람 소리와 같이 작은 소리가 깊은 잠에서 나를 건져 올렸다. 얕은 잠을 잘 수 있게 말이다.

얕은 잠이 들었지만 자각몽을 꾸는 일은 많지 않았다. 평소에도 꿈이 아닐까 하는 생각을 의식적으로 하면서 실제로 얕은 잠이 들면 그 생각은 들지도 않았다. 꿈속에서 일어난 상황들을 대처하고 수습하느라 바빴다. 그렇게 며칠을 볼펜을 쥐고 잤지만 자각몽을 꿀 수 없었다.

나는 자각몽을 위해 노력한 그때보다 지금 자각몽을 더 많이 꾼다. 하고 싶어 하는 것이 아닌 정말 현실과 꿈을 구분하기 위한 필수적인 것이었다. 사람은 필요하면 뭐든 할 수 있다. 평생 안 하고 못 할 것 같은 일들도 필요하면 한다. 지금 나의 상태처럼 필요하면 한다. 하지만 반대로 필요하지 않으면 할 수 없다. 내가 중학생이었을 때 자각몽을 꾸지 못한 것처럼. 불행하게도 꿈을 꾸고 싶지 않지만 나는 어쩔 수 없이 꿈을 꾸어야 했다. 꿈이 있어야 현실과 꿈을 구분할 수 있었다. 비교 대상이 없다면 불가능한 일이었다. 현실만 가지고 꿈인지 현실인지 알 방법이 없었다. 꿈과 비교하여 얼마나 현실적인지 그리고 무엇이 다른지 확인할 수 없었다. 영화 매트릭스에서처럼 꿈의 존재를, 매트릭스의 존재를 모른다면 현실을 볼 수 없다.

나는 꿈을 꾸고 싶지 않았다. 꿈이 만든 피로는 나에게 살인적으로 다가왔다. 잠자리에 들어 눈을 감고 뜨면 해가 떠 있었으면 좋겠다고 생각했다. 꿈은 나에게 잠든 시간을 육체적으로 정신적으로 온전히 주었다. 뜬눈으로 밤을 지내기도 했다. 잠을 자지 않는 편이 꿈을 꾸는 것보다 나아 보였다. 언제 한번 친구들과 잠을 자지 않아도 된다면 잠을 자지 않을 것이냐는 주제로 토론했다. 그 당시 나는 대학 생활을 하며 많은 과제를 해치우고 있었다. 해야 할 일이 많았기에 잠을 자고 싶지 않았다. 그 시간만큼 깨어있다면 모든 과제를 해결할 수 있을 것 같았지만 나는 결국 잠들 수밖에 없었다. 그래서 나는 잠을 자지 않는 쪽을 골랐다. 인간은 일생동안 3분의 1을 잠들어 있다. 일주일만 계산해 보아도 하루 7시간을 잔다 치면 49시간을 아낄 수 있었다. 그 시간은 내가 과제를 끝내고도 남을 시간이었다. 보고 싶었던 영화를 보고 책을 읽을 수 있었다. 성공한 사람들도 자는 시간을 아껴가며 시간을 분 단위로 쪼개서 관리하면서 자신이 원하는 것들을 이뤘지만 나는 그럴 필요가 없었다. 부리고 싶은 여유를 부려도, 시간을 흥청망청 써도 내게 남은 건 시간이었다. 시간이 금이라는 말처럼 나는 부자가 될 수 있었다. 잠을 자지 않을 수 있다면. 지금 나는 그 생각이 많이 틀렸다는 걸 알고 있다. 잠이 들어야 하는 시간을 온몸으로 견뎌야 한다면 그건 미친 짓이었다. 의식이 항상 깨어있는 상태는 저주였다. 시간은 어느 것보다 무거웠다. 아무리 과학 기술이 발전한다고 한들 시간은 어쩔 수 없다. 누군가 시간을 멈추거나 되돌릴 수 없었다.

    수면 클리닉에서 수면 패턴을 검사받았다. 잠이 얕게 드는 이유를 알기 위해서 간 클리닉에서 나는 하룻밤을 잤다. 일을 마치고 집이 아닌 클리닉으로 곧장 갔다. 다음 날도 일을 나가야 했다. 나는 의사에게 주말에 하면 안 되냐고 물었지만 의사는 평소와 똑같은 상황에서 잠들어야 결과가 정확하다고 했다. 잠들기 전에 간단한 음주를 한다면 비슷한 음주를 하고 오라고 했다. 옷도 입던 옷을 챙겨오라고 했다. 당일 수면실에 들어가자 간호사가 관자놀이와 이마에 전선이 연결된 패치를 붙여주었다. 처음 패치들을 붙이고 잠이 들 수 있을지 의심이 갔다. 의사가 강조한 평소와 너무 달랐다. 누가 평소에 전선을 얼굴에 붙이고 잠들까. 그래도 검사는 검사니 나는 순순히 패치를 달고 누웠다. 걱정과 달리 잠은 금세 들었다. 방 안의 온도는 덥지도 춥지도 않았다. 살짝 쌀쌀한 느낌이 들었다. 보일러가 고장 난 집보다는 훨씬 더웠다. 창문은 암막 커튼으로 빛도 새어 들어오지 않았고 소음도 없었다. 들릴 듯 말 듯 한 백색 소음만 들려왔다. 평소보다 편안하게 잠이 들었다. 그리고 그날 밤 나는 꿈을 꾸었다.

    꿈속에서 관자놀이에 붙은 전선들이 두개골을 뚫고 뇌 안으로 들어왔다. 겪어본 적 없는 고통을, 꿈은 내가 기억하는 가장 고통스러운 아픔으로 바꾸었다. 뼈가 부러지는 듯한 아픔을 느꼈다. 꿈에서 깨어날 만한 고통이었지만 꿈에서 깨어나지 못했다. 나는 꿈이라는 것을 알고 있었다. 두개골이 깨지고 있었지만 다리와 팔이 부러지는 느낌이 들었기 때문이다. 고통은 상처와 전혀 다른 곳에서 나오고 있었다. 뇌를 헤집고 다니는 전선들로 인해 고통이 다른 곳에서 느껴진다고 하여도 기절하지 않는 것이 비현실적이었다. 머리가 깨지는데 눈뜨고 버틸 사람은 없었다. 꿈이었다. 나는 꿈에서 깨어나기 위해서 발버둥을 쳤다. 발버둥이 아니라 눈을 빠르게 깜빡였다. 깜빡이면 어느샌가 현실에서 눈을 깜빡이며 깨어날 수 있었다. 얕은 잠이기 때문에 신체 부위 중 눈동자만 움직일 수 있었다. 꿈을 꾸는 렘수면의 철자는 REM, 즉 Rapid Eye Movement로 빠르게 움직이는 눈 움직임이다. 잠들어도 움직일 수 있는, 렘수면에서 움직일 수 있는, 꿈을 꾸면 움직일 수 있는 유일한 신체가 눈이었다. 나는 눈을 강하게 깜빡거렸다.

꿈에서 깨어나자 어두운 방 안에 아무것도 보이지 않았다. 지금이 몇 시인지 정확히 알 수도 없었다. 휴대폰과 전자기기는 반납한 상태였다. 누군가 깨워주지 않는다면 아직 새벽일 것이다. 그래서 나는 다시 눈을 감았다. 똑같은 꿈만을 꾸지 않기를 바라면서. 다시 눈을 감자 잠은 금세 들었다. 금세 꿈도 꾸었다. 비슷한 꿈이었다. 얼굴에 붙은 전선들이 몸과 결합되는 꿈. 나는 밤새 전선들에 관한 꿈을 7편 꾸었다. 해가 뜨면서 커튼이 서서히 열렸는지 아침 방 안은 환했다. 나는 평소보다 따뜻한 방 안에서 꿈이 아닐까 의심했다. 현실임을 확인시켜 주는 한기가 없었다. 귀에 들리도록 꿈인지 확인했고 곧이어 간호사가 들어와 밤새 괴롭힌 전선들을 떼어주었다. 나는 옷을 입고 출근했다. 간호사는 나에게 3일 뒤에 다시 방문하라고 했다.

　　3일 동안 전선들이 나오는 꿈을 일련으로 꾸었다. 전선들로 스파게티를 만들어 먹는 꿈, 전선들이 살아있는 뱀으로 변하는 꿈, 전선으로 된 밧줄에 교수형 당하는 꿈, 머리카락이 전선으로 변하는 꿈, 감전되는 꿈, 온몸이 묶이는 꿈, 토하는 꿈. 나는 전선이 나오는 모든 꿈을 3일 안에 꾸었다. 병원에 도착하자 의사는 나에게 잠자고 있는 나를 찍은 영상과 수면파들이 그려진 그래프를 보여주었다. 잠을 자는 나는 평온해 보였다. 가만히 누워 움직이지도 않고 눈을 감고 있었다. 그리고 눈을 번쩍 뜨면서 일어나고 다시 잠들고 다시 눈을 뜨고 다시 잠들고를 반복했다. 의사는 반복되는 영상을 건너뛰고 수면파를 보여주었다. 지진파 같은 수면파 그래프가 위아래로 패턴을 만들고 있었다. 의사는 수면파를 보여주며 설명했다. 나는 수면파를 보지 않고 의사의 말에 집중했다. 수면파를 설명해 줘봤자, 그것을 이해해 봤자 해결될 일이 없었다. 의사는 나에게 8시간 동안 잠을 자며 한순간도 잠들지 않았다고 했다. 정신은 깨어있다고, 몸은 자고 있지만 정신은 온전히 깨어있다고 했다. 그 말이 비현실적으로 들렸다. 그러면 나는 요근래 잠을 한숨도 못 잤단 말인가? 그것이 가능하다면 사람은 왜 잠을 자야 하나. 나는 잠을 자지 않고 이렇게 살아있는데. 물론 말할 수 없는 피곤함이 있지만. 나는 지금 이 순간이 꿈이 아닌가 생각했다. 그렇지 않으면 말이 되지 않았다. 잠을 자지 않고 사람이 견딜 수 있는 시간은 고작 3일 정도였다. 그 이후로 잠을 자지 않으면 기억력과 사고력이 급격히 떨어졌다. 간단한 연산도 불가능했고, 자신이 누구인지도 알 수 없었다. 하지만 꿈이 아니었다. 의사가 말하는 전문적인 용어들은 내 머리로 생각해 낼 수 없었다. 처음 들어보는 단어로 꿈을 만들어낼 수는 없었다. 나는 의사에게 질문했다. 몇 달 동안 비슷하게 잠을 자 왔는데 자신이 어떻게 살아있냐고. 의사도 알 수 없지만, 가만히 있는 것이 몸이라도 이완해 주어 신체적인 능력은 어느 정도 유지되고 있다고 했다. 뇌는 잠들지 않았지만 어떤 각성 상태로 넘어가 아직은 괜찮아 보인다고 했다. 그렇지만 이렇게 몇 달이 더 지난다면 더 짧게, 당장 내일이라도 뇌사가 올 수 있다고 했다.

내가 꾸는 꿈이 자면서 꾸는 것이 아니라는 말과 비슷했다. 나는 잠이 들지도 않았기에 꿈도 꿀 수 없었다. 그렇다면 내가 꾸는 꿈은 모두 상상이 되어야 했다. 의식적으로 상상해야만 가능했다. 그도 그런 것이 뇌 활동은 신체에서 가장 많은 칼로리를 소모한다. 나는 운동도 하지 않았고 끼니도 거르지 않았지만 15킬로가 빠졌다. 머리는 항상 멍하고 피곤했다. 머리에 쥐가 난다는 말을 처음으로 깨달은 날도 있었다. 의사는 자신이 해줄 처방이 수면제뿐이라며 자기 전 30분에 한 알씩 복용하라고 했다.

집으로 돌아와 나는 정확하게 30분 전에 약을 한 알 먹고 잠자리에 누웠다. 약을 먹어도 똑같은 날이 반복되었다. 꿈은 계속 꾸었고 나는 잠을 잘 수 없었다. 의사의 처방을 듣지 않고 복용량을 늘려도 상황은 같았다. 위로 들어간 알약이 소화되지 않아 속만 더 더부룩했다. 일주일 치 약을 3일 만에 다 먹고 클리닉을 다시 찾아갔다. 약의 종류를 바꾸든가 복용량을 늘려달라고 할 참이었다. 그렇지만 의사는 약이 들지 않는다면 큰 병원으로 가봐야 한다며 병원 몇 군데를 추천해 주었다. 어느 병원이 무엇이 좋고 어느 교수님이 잘하는지를 설명해 주었다. 의사는 설명을 하다가 정신과도 추천해 주었다. 잠을 못 자는 것이 꿈 때문이라면 스트레스로 인해 정신 문제일 수도 있다며. 나도 그런 이야기를 들어보았다. 지그문트 프로이트는 모든 정신은 무의식에서 비롯된다고 설명했다. 무의식은 당사자가 의식할 수 없기 때문에 평상시에는 알 수가 없었고 프로이트는 무의식을 꿈에서 찾았다. 꿈은 의식하지 않고도 자신의 욕망을 표출하는 행위이기 때문에 반복적인 꿈의 패턴은 무의식을 잘 보여줄 수 있었다.

프로이트는 자신의 환자들을 대상으로 꿈을 기록하게 시켰다. 그리고 환자가 기록한 꿈을 분석하기 시작했다. 무엇이 어떤 이유에서 꿈에 나타났는지를 알아보면 환자의 무의식을 알 수 있고 치료도 가능하다고 생각했다. 프로이트의 말처럼 꿈을 분석해서 치료할 수 있다고 하더라도, 내가 꾸는 꿈들에서 이유를 찾더라도, 그것은 꿈을 꾸어야 치료가 가능했다. 하지만 나는 꿈을 꾸고 싶지 않았다. 그 꿈들을 기록하는 것도 싫었다. 꿈을 기록하면 더 생생하게 꿈을 생각해 내어야 했고 그 과정은 깨어 있는 순간에도 꿈을 꾸게 만들었다.

의사가 추천해 준 병원에 가지 않고 복용량을 늘려 약을 받아왔다. 의사가 해줄 수 있는 최대한의 수면제는 7일이 전부라며 처방해 주었다. 나는 약을 첫날에 다 털어 넣었다. 어차피 나눠서 먹으면 소용도 없는 거 많이 먹어서 하루라도 자고 싶었다. 깊은 잠이 들고 싶었다. 그래도 소용이 없었다. 먹은 약이 소화되지 않아 체했다. 잠도 자지 못하고 응급실에서 위세척을 하고 나왔다. 응급실 간호사들은 내 몸에서 나온 표면만 녹은 알약들을 보고 경찰에 신고를 했다. 자살을 하는 줄 알았을 것이다. 모아둔 수면제를 한꺼번에 복용하는 사람은 거의 대부분 그러니까. 나는 병원을 나오마자 경찰서로 가서 설명해야 했다. 불면증이 심해서 몇 달을 못 자고 있어서 수면제를 처방받았고 잠을 자고 싶어서 약을 한꺼번에 복용했다고 했다. 나는 경찰에게 클리닉 전화번호를 주고 나서야 경찰서에서 나올 수 있었다. 경찰은 나에게 커피 믹스 한 잔을 타주었다. 빈속에 들어간 커피 믹스에 속이 쓰렸다.

위에 있는 것을 모두 게워 내고 빈속에 커피를 마시니 잠이 오지 않았다. 이참에 꿈을 꾸고 싶지 않았기에 잠을 자지 않기로 했다. 대신 이 꿈들이 어디서 오는 것인지 생각해 보았다. 무엇이 잘못되었을까. 중학생 때 연습한 자각몽 꾸는 법 때문일까. 아니면 20살 초반에 바뀌어버린 밤

낮 때문일까. 그것들이 이유가 되지 못한다면 도대체 무엇이 꿈을 꾸게 하는 것일까. 어떤 질병에 걸린 것일까. 나는 그 생각들을 하면서 지금이 꿈이 아닐까 하고 생각하였다. 알 수 없었다. 꿈인지 아닌지. 평범한 인간은 살면서 일생 동안 3분의 1을 잠을 잔다. 그러면 나는 일생의 3분의 1을 꿈속에 있고, 꿈인지 현실인지 생각을 3번 한다면 그중 한 번이 확률적으로 꿈일 것이다.

33.3333333……………………………………………………………………………………%

내가 오늘 꿈인지 확인을 몇 번 했던가. 3번은 넘게 했을 텐데 그중에서 적어도 한 번은 꿈에서 한 생각이었을 것이다. 지금일 수도 있고. 의사 말대로 꿈이 아닌 상상이라면 상상하기를 멈춰야 했다. 잠이 들지 않아도 꿈을 꿀 수 있고 걸어 다니며 꿈을 꾸고 있는 것일지도 몰랐다.

잠을 자지 않고 지하철로 사무실로 출근했다. 사무실이라고 하기엔 작았지만 그곳을 부를 만한 마땅한 이름이 없었다. 반지하에 위치한 사무실은 바닥 마감이 되지 않아 회색 시멘트가 훤히 보였다. 걸을 때마다 먼지가 날리는 사무실은 20평이 겨우 넘었다. 입구부터 쌓여 있는 박스에서도 먼지가 났다. 그곳에서 나는 영화 포스터나 연예인들의 포스터를 포장하고 택배를 부쳤다. 오프라인 매장이 아닌 온라인 매장으로 운영되고 있었기에 사무실 안에는 컴퓨터 2대와 포스터들이 담겨있는 상자만 가득했다. 사실 사무실보다는 재고 창고에 가까웠다.

사무실 안에 다른 직원은 없었다. 얼굴도 나이도 모르는 사장은 나를 고용했고, 사무실에는 나오지 않았다. 가끔 인기 있는 포스터들과 새로운 디자인의 포스터들을 사이트에 올려두는 것마저 집에서 처리했다. 일을 소개해 준 영화과 선배는 사장이 다른 직장을 다니며 부업으로 운영하는 온라인몰이라 설명했다. 처음 일을 소개받았을 때는 전공을 살릴 수 있는 일이라며 괜찮은 일자리라고 했다. 그 당시 나도 딱히 하는 일도 없었고 돈도 궁했을 때라 별다른 말 없이 승낙했다. 하지만 사무실에 처음 온 날 나는 면접도 없이 일을 시작했다. 컴퓨터 2대는 켜져 있었고 한 컴퓨터에서는 주문이 들어온 포스터 종류와 배송지가 적힌 전표가 프린트되었다. 나머지 한 대는 고객 문의를 처리하는 컴퓨터였다. 내가 해야 할 일은 그 두 가지 컴퓨터가 설명했다. 주문이 들어오면 택배를 부치고 문의가 들어오면 답변해 주는 일. 내 전공이 무슨 소용이 있는지 궁금했다. 나는 그때도 꿈이 아닐까 하고 육성으로 말했다. 내 귀에 들릴 수 있게. 50여 편의 꿈 중 한 편일 수 있었다. 밤을 새운 것이 아닌 잠이 들어 꾸는 꿈일 수도 있었다.

전공을 살릴 수 있는 일이란 포스터를 보고도 어떤 영화인지 알 수 있는 것과 고객 문의로 온 질문들에 영화 포스터에 한정해서 대답할 수 있었다. 본 영화라면 더 편했고 보지 않은 영화여도 포스터 모서리 색만 보아도 무슨 영화인지 알 수 있었다. 사실 영화에 아무런 관심이 없는 사람이라도 반복적으로 포장하다 보면 일주일이면 제목은 모르더라도 무슨 포스터를 포장해야 할지 정도는 알 수 있었을 것이다. 포장 일보다는 고객 문의에 답변하는 일에 전공 지식이 필요했다. 가끔 대중적으로 흥행한 영화가 아닌 마니아적인 영화 포스터를 물어오는 고객들이 있었다. 또한 국내에 개봉하지도 않은 오래된 고전 영화들의 포스터 재고를 물어왔다. 그들이 물어온 포스터는 당연히 재고가 없었다. 그들이 물어오는 영화들은 다 제각각이었다. 모두 같은 영화를 물어왔다면 포스터를 제작하든 할 테지만 그들이 원하는 영화들이 모두 달랐다. 그 모든 일은 4시간 안에 끝냈다. 주문량이 많지도 않았고 문의도 많지 않았다. 그리고 무엇보다 나는 4시간 이상 일할 수 없었다. 피곤했다.

잠을 자지 않아 평소보다 몸이 피곤했다. 일을 금방 마치고 사무실 근처 카페로 갔다. 카페에서 커피 한 잔을 시키고 테이블에 잠시 엎드렸다. 졸음이 몰려왔다. 졸음보다는 몸이 축 늘어지는 느낌, 몸의 전원이 꺼진 듯이 움직이지 않았다. 중력에 온몸이 아래로 떨어졌다. 테이블에 머리만 대고 두 팔은 테이블 아래로 떨어졌다. 손끝으로 피가 모였다. 어깨부터 서서히 아래쪽으로 팔이 저려왔다. 일어나 팔을 올려두고 싶었지만 일어날 수 없었다. 그리고 잠이 들었다. 꿈을 꾸었다.

집에서 나는 어딘가로 숨어야 했다. 꿈이 늘 그렇듯이 이유는 없고 결과만 있었다. 나는 어딘가에 숨었다는 결과만이 있었다. 술래잡기를 하듯이 숨기 시작했다. 이불 속에도 숨어보고 침대 밑으로 들어가 보고 냉장고 안에 들어가 보았다. 이상하게도 나는 그곳에 숨지 못했다. 보기에는 내 몸이 충분히 들어갈 만했지만 숨어보면 몸이 가려지지 않았다. 몸은 숨을 곳을 찾았고 머리는 무엇에서부터 숨는지에 대해 생각했다. 여러 생각이 스쳐 가며 그 생각들이 사실이 되었다. 좀비로부터 숨어야 한다고 생각이 들면 창밖으로 시체 썩은 내와 좀비들 울음소리가 들려왔다. 외계인으로부터 숨어야 하면 영화에서 본 외계 촉수들이 방 안으로 들어와 나를 찾았다. 그것들로부터 어딘가에 숨으면 마음이 편했다. 목숨을 구한 것처럼 안도되었다. 숨지 못하면 곧 죽을 듯이 불안했다. 내가 마지막으로 숨은 곳은 내가 입고 있는 바지 주머니였다. 바지 주머니에 들어가자 내 체온으로 허벅지 춤이 따뜻해졌다. 주머니 안쪽에서 내 체온은 빠져나가지 않았고 아늑했다. 나는 그곳에서 잠이 들었다. 그리고 꿈을 꾸었다.

　　팔이 저려서 꿈에서 깨어났다. 일어나자 커피에 들어간 얼음이 모두 녹아 커피가 조금씩 넘치고 있었다. 나는 커피를 한 모금 마시고 일어났다. 컵을 가져다주려 했지만 저린 팔이 올라가지 않았다. 컵을 들면 놓칠 것 같아서 나는 일어선 채로 팔을 들어 피가 내려오기를 기다렸다. 팔에 피가 돌기 시작하자 저린 느낌이 사라졌고 나는 컵을 카운터에 반납했다. 처음보다 많은 커피양에 직원이 테이크아웃 하겠냐고 물었다. 나는 괜찮다고 인사를 하고 나왔다.

얼마나 잤는지 해는 저물어 가고 있었다. 사무실로 들어가 짐을 챙겨 나왔다. 꿈을 꾸어서 피곤했다. 반복되고 단조로운 일상을 견뎌내기도 피곤한데 꿈은 더 드라마틱하니까. 꿈속에서 평소에 생각하지도 못한 상상력에 놀랄 때가 있다. 깨어있을 때 눈을 감고 여러 사람의 얼굴을 그려보려 해도 쉽지 않다. 한 사람을 생각하고 다음 사람을 그릴 때면 전에 상상하던 사람을 잊어버린다. 하지만 꿈에서 한 사람이 아닌 여러 사람이 동시에 나온다.

집으로 돌아와 낮에 카페에서 꾼 꿈에 대한 해몽을 검색해 보았다. 뭐라고 검색해야 할지 몰랐다. 검색어에 꿈을 상세하게 풀어 검색할 수 없었다. 나는 꿈을 단어와 짧은 문장으로 정리했다.

도망치는 꿈, 숨는 꿈, 외계인 꿈, 좀비 꿈, 냉장고 꿈, 주머니로 들어가는 꿈, 어딘가로 들어가는 꿈.

그 검색어들에서 나온 꿈들은 내 꿈과 달랐다. 도망치는 꿈이라 검색하면 사람에게 도망치는 꿈, 맹수에게서 도망치는 꿈, 재난에서 도망치는 꿈이 나왔다. 애매했다. 나는 좀비에게서 도망쳤고, 외계인에게서 도망쳤다. 다시 검색어를 고쳐 입력했다. 좀비 꿈. 그 꿈은 스트레스에서 벗어나려는 꿈이라고 했다. 맞는 해몽 같았다. 나는 피곤하고 스트레스받고 있었다. 다른 해몽에서는 재물이 들어온다고 했다. 또 다른 해몽에서는 주변 사람과의 마찰이 있을 것이라고 했다. 아래 다른 해몽에서는 무료 로또 번호를 알려주는 주소가 링크되어 있었다. 외계인 꿈도 마찬가지였다. 좀비 꿈과 다를 게 없었다. 좀비와 외계인만 달라졌을 뿐 모든 해몽이 있었다. 좋은 해몽과 나쁜 해몽 그리고 무료 로또방까지. 나는 그 꿈을 개꿈이라고 해몽했다. 아무 의미도 없는 꿈. 나를 피곤하게 만드는 꿈.

하루에도 5편의 꿈을 꾸었기에 나는 남은 꿈 중에 좋은 꿈이 있나 찾아보았다. 역시나 다른 꿈들도 같은 해몽을 가지고 있었다. 꿈보다 해몽이라는 말도 있듯이 하나의 꿈에 해몽이 더 많았다. 나는 그중에 가장 마음에 드는 해몽만 읽었다. 해몽을 찾아보다 보니 눈이 아팠다. 집중하느라 눈을 깜빡이지 않아 건조했다. 나는 침대에 누워 눈을 감았다. 오늘은 꿈을 꾸지 않기를 바라며 아니면 좋은 꿈이라도 꾸었으면 했다. 그리고 지금도 꿈이 아닐까 생각했다. 꿈속에서 꿈을 해몽하는 꿈의 해몽이 있었나.

어릴 적 용돈이 부족하면 엄마에게 꿈을 팔았다. 아침에 일어나 엄마에게 무슨 꿈을 꾸었는지 이야기하며 하루를 시작했다. 그날은 돼지꿈을 꾸었다고 엄마에게 말해주었다. 돼지들이 우리 집 현관문을 뜯어먹으며 들어왔다고. 엄마는 꿈 이야기를 듣고 꿈을 사겠다고 말했다. 내 손에 500원짜리 동전을 쥐여주면서. 나는 꿈을 어떻게 팔 수 있는지 궁금했다. 엄마에게 그 꿈을 꿀 수 있도록 도와주어야 하는가? 걱정과 다르게 꿈을 파는 일은 간단했다. 파는 사람이 "꿈을 팝니다."라고 말하고 사는 사람이 돈과 함께 "꿈을 삽니다."라고 말하면 전부였다. 엄마는 꿈을 꾸지 않고 꿈을 꾸었다. 나는 꿈으로 번 500원을 가지고 코인을 받을 수 있는 게임을 하였다. 학교 앞 문구점에 하나씩 있는 평범한 게임기였다. 이름은 달랐지만 하는 방법은 같았다. 동전을 넣고 룰렛을 돌려 같은 그림 3개가 나오면 되었다. 아니면 가위바위보를 해서 이기거나 비기면 됐다. 그러면 그에 맞는 배당의 코인이 나왔다. 코인은 문구점에서 현금처럼 쓸 수 있었다. 백 원으로 20개의 코인을 가져갈 수도 있었다. 운이 좋다면. 흡사 어린이판 카지노였다. 그 카지노에서 나는 꿈으로 다섯 번의 기회를 가졌고 모두 잃었다. 나는 집으로 돌아와 엄마에게 꿈을 산 이유를 물었다. 이유를 알면 다시 팔 수 있을 것 같았다. 왠지 모르게 돼지꿈을 한 번 더 꿀 수 있을 것 같았다. 엄마는 돼지꿈이 돈을 불러오는 꿈이라고 말했다. 로또를 맞는 사람들이 꾸는 꿈들이라고. 모든 꿈에는 의미가 있다고. 행운을 불러올 수도 재앙을 불러올 수도 있다고 했다. 꿈마다 해몽이 있고 그 꿈을 해몽해 주는 사람도 따로 있었다. 엄마는 처음부터 해몽을 믿지 않았지만 태몽을 꾸고 난 이후로 믿게 되었다고 했다. 나무에서 감과 밤이 떨어졌고 나를 가졌다고 했다. 그리고 엄마는 내가 꿈을 판 날 로또를 샀다.

돼지꿈이 돈을 불러온다는 해몽이 있다는 것을 듣고 나는 엄마에게 꿈을 팔아서 돈을 잃었다고 생각했다. 꿈을 팔지 않았다면 딸 수 있었을 텐데. 그렇지만 그 돼지꿈은 나에게 500원이 되어 돌아왔다. 돼지꿈이 누구에게 적용이 되었는지 알 수 있는 방법은 엄마가 산 로또 번호였다. 로또가 맞는다면 엄마에게 적용되었을 것이고, 로또가 맞지 않는다면 500원을 받는 나에게 돌아올 것이다. 그날 토요일 저녁 엄마가 조용했던 것을 보아 로또는 되지 않아 보였다.

나중에 알게 되었지만 꿈을 사고팔 때 꿈 내용에 대해 말하면 안 된다고 한다. 입으로 말하면 꿈은 입을 통해 현실로 돌아왔고 더 이상 꿈이 아니게 되었다. 내가 꿈을 말해서 내가 게임기에서 돈을 잃고 엄마도 로또가 되지 않았다.


유독 추운 밤인지 잠에 쉽게 들지 않았다. 코는 시리고 눈물이 나왔다. 눈을 뜨자 입에서 입김이 나오는 것이 보였다. 입김은 내 입에서 나가 떠돌아다녔다. 사라지지 않고 방 안에 갇혔다. 앞이 보이지 않을 정도로 입김이 가득 찼다. 나는 숨을 멈추고 손을 더듬으며 밖으로 나갔다. 나는 안개 속에 있었다. 앞이 보이지 않았다. 가까운 내 몸도 안개에 가려 보이지 않았다. 눈을 감으면 검은색이 보였고 눈을 뜨면 흰 안개가 보였다. 앞이 보이지 않았기에 나는 천천히 걸었다. 가까운 빛을 따라 걸어서 처음 눈에 걸린 것은 회색 콘크리트 벽이었다. 고개를 올려 높이를 가늠해 보려 했지만, 안개로 가려 보이지 않았다. 나는 벽을 중심으로 손을 짚어가며 걸었다. 벽은 둥근 기둥 모양이었다. 그리고 벽 중간에 문이 나 있었다. 철제로 된 문은 차가웠다. 나는 힘껏 문을 열었다. 오랫동안 열리지 않은 열리는 철문 손잡이에서 녹의 비릿한 냄새가 풍겨왔다. 문을 열어도 그 안은 안개로 가득 차 있었다. 문을 열어도 문을 열지 않은 듯했지만 문을 열었기에 안으로 들어갈 수 있었다. 문 앞으로 나선형 모양의 계단이 있었다. 눈으로 본 것이 아닌 발로 느낄 수 있었다. 낮은 턱이 연속된 계단을 올랐다. 나는 계단을 오르며 눈을 감았다. 눈이 피로했고 눈을 뜨고 있다고 해도 감은 것과 차이가 없었다.

끝없을 듯한 계단을 오르던 발은 턱이 없는 바닥을 만났다. 나는 눈을 감고 있었지만 입구에서 맡은 철문의 비릿한 냄새를 맡았다. 나는 손잡이를 잡고 문을 열었다. 안으로 들어가자 뜨거운 열기가 느껴졌다. 태양을 마주한 듯한 열기였다. 그리고 감은 눈앞이 환해졌다. 눈을 뜰 수가 없었다. 눈을 감고 있어도 이렇게 강한 빛을 견딜 수 없을 것 같았다. 나는 눈을 더욱 세게 감았다. 의식적으로 얼굴 근육을 사용해서 눈을 감자 눈두덩이가 아프고 어지러웠다. 그래도 눈을 뜨지 않았다. 그래야만 했다. 눈을 감은 채 어디서부터 오는 빛일지 생각했다. 내가 알고 있는 빛 중 이렇게 강한 빛은 태양 빛뿐이었다. 하지만 태양이라면 나는 서 있을 수조차 없었다. 다른 종류의 빛이었다. 인공적인 조명, 뜨겁지만 견딜 수 있는 열기를 내는 조명. 높은 곳에 있는 인공조명은 등대였다. 나는 등대 전구 앞에 서 있었다. 파도 소리를 들었던가. 등대로 들어오기 전 나는 파도 소리를 듣지 못했다. 바다의 짠 내도 맡지 못했다. 육지에 있는 등대였다. 나는 이곳으로 어떻게 왔는지 떠올렸다. 나는 앞이 보이지 않는 안개 속에서 밝은 쪽을 향해 걸었다. 등대의 빛이었다. 등대는 안개 속에서 방향을 잡아주고 이끌었다. 다른 곳을 비춰주진 못했지만 자신의 위치를 알릴 수 있었다.

　전구 앞에는 사방이 뚫린 창문들이 있었고 건너편에도 희미하게 불빛이 보였다. 다른 등대도 있는 것 같았다. 하지만 건너편 등대는 가만히 빛을 내는 것이 아니고 깜빡거렸다. 일정한 패턴을 가진 듯이 꺼졌다 켜졌다. 일종의 모스부호처럼 어떤 신호를 보내는 듯했다. 나는 모스부호를 모르기에 그 등대의 암호를 풀 수 없었다. 점과 선으로 표현할 수 있긴 했지만 나는 그 뜻을 알 수 없었다. 누군가 등대에 있는 것은 분명한데. 혹시 등대가 아닌 모스부호를 위한 빛이 아닐까. 건너편 등대에서 신호를 보내는 사람은 누구일까.

−·−　··−　···　·−−−　−·−　−　··−　−　···−

··−　···−　·−··　·−··　···　−−　−·−　−·

·　···−　−·−·　·　·−−·　−−　−·−　·−−　·

·−·　··−　−···　·　·−·−·−

# 백일몽

**1판 1쇄 발행** 2024년 1월 12일

**저자** 우동균

**교정** 신선미    **편집** 김다인    **마케팅·지원** 김혜지

**펴낸곳** (주)하움출판사    **펴낸이** 문현광

**이메일** haum1000@naver.com    **홈페이지** haum.kr
**블로그** blog.naver.com/haum1000    **인스타그램** @haum1007

**ISBN** 979-11-6440-494-0(03810)